盗人の仇討ち

勘十郎まかり通る２

早見 俊

時代小説
二見時代小説文庫

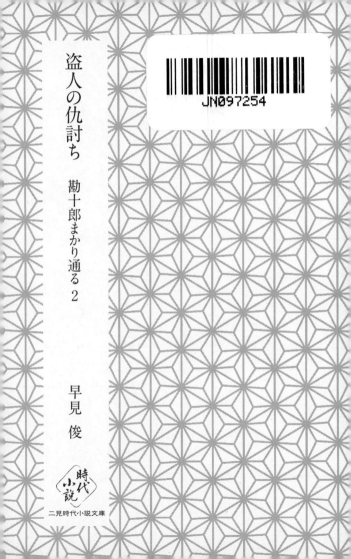

目次

盗人《ぬすっと》の仇討《あだう》ち——勘十郎まかり通る 2

第一話　盗人《ぬすっと》の仇討《あだう》ち

一

江戸の表玄関、日本橋《にほんばし》の表通りから入った横丁に時代遅れの戦国武者がいる。

徳川家康《とくがわいえやす》が関ヶ原《せきがはら》の合戦に勝利して三十六年、徳川の世が定まった江戸にあっていささか浮いていた。

「勘《かん》さま、そろそろ、相談事を引き受けないと、家賃も払えませんぜ」

勘さまと呼ばれたこの男、向坂勘十郎元常《こうさかかんじゅうろうもとつね》である。六尺近い長身、浅黒く日焼けしているが鼻筋の通った男前だ。豊かな髪を茶筅髷《ちゃせんまげ》に結っているため、堂々たる体軀《たいく》と相まって時代遅れの戦国武者といった風《ふう》なのだ。

「三公《さんこう》、おまえ、のんびりと座っていないで、よい相談事を探してこいよ」

勘十郎に三公と呼ばれたのは通称会津《あいづ》の三次《さんじ》、すらりとした細面《ほそおもて》の男前である。切れ長の目、薄い唇は紅《べに》でも差しているのかと思えるほどに真っ赤だ。白地に紅梅をあしらった派手な小袖がよく似合っていた。二つ名の通り会津の生まれなのだが、五つの時、旅芸人一座に買われ江戸にやって来て二十一年とあって、お国訛《なま》りは感じられない。昨寛永《かんえい》十二年（一六三五）の長月《ながつき》までは軽業師《かるわざし》であったが、頭領《とうりょう》の女に手を出して一座を去ったという曰《いわ》くがある。

曰くと言えば、勘十郎とて同様で、昨年の長月まではれっきとした直参《じきさん》旗本の嫡男であった。しかもただの旗本ではない。父は大目付向坂播磨守元定《はりまのかみもとさだ》である。ところが、父とそりが合わず大喧嘩の挙句《あげく》に勘当《かんどう》されたのだった。

親と親方をしくじったという共通点はあるものの、生まれ育ちは元より、人相、体格、性格までもが違う二人が知り合ったきっかけは、昨年の長月に遭遇した米俵盗難事件だった。日本橋の米屋銀杏屋《いちょうや》の米俵を盗んだやくざ者を勘十郎が退治し、米俵を取り戻した一件である。

当然、銀杏屋からも感謝され、勘当されて行く当てのなかった勘十郎は銀杏屋の離れ座敷に居候《いそうろう》を決め込んだ。事件に関わった三次も居ついてしまった。いくら図々しい二人でも家賃と自分たちの食い扶持《ぶち》は稼ごうと始めたのが萬《よろず》相談所である。

開設してみると、三次はまめな性分を発揮し、離れ座敷をこぎれいにした。相談者に振舞う茶や菓子なども用意をしている。ところが、相談者向けの菓子を勘十郎が食べてしまうこともしばしばで、三次は自分が寝泊りする物置小屋を改装し、待合《まちあい》にした。

畳《たたみ》を敷き、文机《ふづくえ》や茶簞笥《ちゃだんす》を置き、待つ間に相談者がくつろげるようにしている。もっとも、待たせるほど繁盛してはいないのだが。

離れ座敷周辺ばかりか、庭一帯、更には裏木戸前の往来まで毎朝掃除を欠かさない。

そんな三次の努力が実ってか、寛永十三年の小正月《こしょうがつ》、福寿草が黄色い花を咲かせている頃、一件の相談事が持ち込まれた。

勘十郎と三次の大家《おおや》、すなわち銀杏屋の主人、茂三《しげぞう》の紹介であった。

離れ座敷で正座をした茂三は神妙な顔だ。五尺に満たない小柄な身体を縮こませ、

「勘さま、相談事をお願いしたいのですが」

「おお、かまわんが、商いのことはおれに相談されても無理だぞ」

勘十郎に言われ、茂三は首を左右に振り、商い上のことではないと示した。それならと、勘十郎が受け入れると三次は茶と蓬《よもぎ》団子を用意した。

素早く三次が手間賃帳を取り出した。

勘十郎に促され茂三は語り出した。

「相談主は手前ではございませんで、近頃、懇意にしております油問屋、豊年屋《ほうねんや》さんのご主人、惣五郎《そうごろう》さんなんです」

茂三が言うには豊年屋惣五郎は会合ではいつも盛り上げ役で、みなを楽しませているそうだ。それがこのところ気が沈んでいるようで、宴席で無口になったという。

「それで、気になりましたものですから、話を聞いたのです」

茂三に打ち明けたところによると、惣五郎の元に脅迫文が届くのだそうだ。

「きょう……はく……ぶん……っていいますと」

三次は意味がわからないと首を傾げた。

「脅しの文句を書き記した文だ」

勘十郎が説明を加えた。そりゃ、物騒《ぶっそう》だと三次は呟《つぶや》いてから、

「誰からですか」

前のめりになった。

「誰からかはおっしゃらないんですよ。でもね、相当に怖がっておいでで……。町奉行所に届けるのは商いに災いするっておっしゃいましたんで、手前はそれなら相談相

手にぴったりなお方がいらっしゃるって、勘さまを紹介したんです。ですから、この先は本人から聞いてくださいますか」

「本人っていいますと、惣五郎さんですよね」

三次が確かめると、

「もう、間もなくいらっしゃるんです」

裏木戸を振り返り、茂三は首を伸ばした。

「わかりました。豊年屋さんをお待ちしますよ」

三次の言葉に茂三は大きく首を縦に振ってから声を潜《ひそ》め、

「手前よりも大店《おおだな》ですからね。こっちの方は期待できますよ」

茂三はへへへと下卑《げび》た笑いを浮かべた。

「そいつはいいや」

三次もうれしそうだ。

ここで茂三が、

「それで、こんなことをお願いしたらなんですけどね、相談料が入りましたら……その内のいくらかを紹介料ということで……へへへ」

と、満面の笑みで両手を揉《も》んだ。

茂三は養子、女房のお里《さと》に財布の紐を握られているとあって、小遣いがままならない。

「わかりましたよ」

三次が了承すると勘十郎は関心なさそうにあくびを漏らした。茂三は相談者が来る前に紹介料の話をつけようとやって来たのだろう。

すると、

「御免くださいまし」

という声がし、裏木戸から中年の男が入ってきた。三次は一瞬、「ううっ」と小さく唸《うな》った。紬《つむぎ》の着物に羽織を重ね、物腰の柔らかそうな、いかにも大店の商人といった男なのだが、頭からすっぽりと黒の布でできた覆面を被《かぶ》り、両目と口だけを覗かせるという異様な風体《ふうてい》なのだ。

それでも、茂三は懇意にしているからであろう。気にかけることなく、

「豊年屋さん、待っていましたよ。さあ、こちらへ」

と、濡れ縁に立って声をかけた。惣五郎は辞を低くして階《きざはし》を上がり、

「豊年屋惣五郎でございます」

と、折り目正しく挨拶をしたものの黒覆面が何とも不気味だ。

三次は黙って茶と蓬団子を出す。

茂三が、

「それでは、手前はこれで」

と、惣五郎に挨拶をして店に戻っていった。

自分がいては相談がしにくかろうという配慮もあろうが、紹介料が貰えるとあって用はすんだということだろう。

茂三がいなくなってから、

「で、相談事ってのは……」

三次が問いかけた。

惣五郎は一礼し、

「まず、こんな物を被っておりますこと、お許しください。何しろ、こんな有様ですので」

黒の布切れを取り去った。

「あっ！」

思わず驚きの声を上げてから三次は、「すみません」と詫びた。顔面が焼け爛《ただ》れている。鼻と両の頬にひどい火傷《やけど》を負っていた。布切れはひどい火傷を隠すための覆面であるとわかった。

勘十郎は受け入れるようにうなずいた。

再び覆面を被ってから、惣五郎は懐中から書付《かきつけ》を何枚か取り出した。

それを三次が受け取り、勘十郎に渡した。

勘十郎が目を通している間、惣五郎が説明を始めた。

「差出人の藤次《とうじ》といいますのは、手前が相模《さがみ》の小田原《おだわら》で商いをしておった時、盗みに入った盗賊でございます」

五年前、藤次たちは東海道《とうかいどう》を荒らしていた。小田原で油屋を営んでいた惣五郎は藤次が率いる盗人一味に店に押し入られた。

「藤次というのは、忍びの藤次と言われておりましてね、戦国の世、小田原北条《ほうじょう》家に仕えた忍者、風魔《ふうま》に所属していた末裔《まつえい》で、配下の者たちも風魔の流れを汲む者だそうです」

小田原藩稲葉《いなば》家は幕府と共に忍びの藤次一味捕縛に全力を挙げた。商家には警戒を求め、惣五郎も怪しげな者の出入りには注意をした。当時の藩主、稲葉正勝《まさかつ》は老中を務めていた。とあって、老中の威信にかけ、盗賊に城下を荒らされるのを見過ごしにはできないと、それは厳重な警護と藤次一味追捕が行われたそうだ。

「五年前の葉月《はづき》、嵐の夜のことでございました」

嵐の晩、惣五郎は胸騒ぎを覚えた。

雨戸の隙間から裏庭を覗くと夜陰《やいん》に怪しい人影が蠢《うごめ》いていた。彼らは土蔵に押し入ろうとした。風雨に紛《まぎ》れ、惣五郎は最寄《もより》の番屋に駆け込んだ。藤次一味に警戒をしていた小田原藩は直《ただ》ちに出動、藤次一味はその場で斬殺されたり捕縛された。

「一味は藤次を含めて十人だったんですが、親玉の藤次は取り逃がしてしまったのです」

それきり、藤次は行方不明になった。

「それでも、藤次一味は壊滅できたと手前は大変に感謝されたのです。手前はお役に立ててうれしく思ったのですが……」

惣五郎はがっくりと肩を落とした。

声をかける雰囲気ではないと三次は黙っていた。惣五郎はすみませんと断ってから、

「その時、家族の者と奉公人が藤次一味に殺されてしまったのです」

「そりゃ……」

三次も口を半開きにさせたまま、慰めの言葉もない。惣五郎は藤次一味への怒りの炎が燃え盛ったのか声を上ずらせた。

「あいつら、商売ものの油を使って店ごと燃やしてしまって」

惣五郎が戻って来た時には店と家は炎に包まれていた。不幸中の幸いは土蔵の中にあった銭が無事だったことだ。

「しかし、銭金《ぜにかね》じゃございません。銭金は全てなくなっても、女房、子供には生きていて欲しかった……奉公人たちも巻き添えを食ってしまって」

黒の覆面越しに覗いた目から涙が滲んだ。惣五郎は燃える家から家族を助け出そうと、小田原藩の役人が止めるのも聞かずに火に飛び込もうとした。

しかし、さすがに、中に入ることはできず、燃え落ちた材木が顔面を直撃してこのような火傷を負ったのだった。

「手前はどうしていいかわかりませんでした。商いを再開する気にはなれず、呆然としておったのです。そんなある日、小田原藩の納戸《なんど》役猪瀬《いのせ》又二郎《またじろう》さまが、江戸に店を出さないかと話を持ちかけてくださったのです。五年前の小田原藩稲葉家のお殿さま、正勝公は御老中、お母上さまは大奥総取締、春日局《かすがのつぼね》さまとあって、商いに精進《しょうじん》すれば大奥へのお出入りが叶うかもしれぬとも勧めてくださいました」

惣五郎は心機一転、小田原の店を閉じ、江戸の芝《しば》に店を出したのだそうだ。

「毎朝、この醜い顔を鏡で見まして、死んだ女房、子供の分まで生きよう、奉公人たちの分まで商いに精進しようと身を粉《こ》にして働きました」

出入りを許された小田原藩邸の商いぶりが評判を呼び、以後、いくつかの大名藩邸や大店に出入りが叶った。ついには、近々、大奥への出入りも許されるのだとか。

「この五年、とにかく懸命に働いてきたのでございます」

顔の火傷のため、商い以外で人と接するのは憚《はばか》られたが、商人が引っ込み思案になっては駄目だと己《おのれ》を叱咤《しった》して料理屋での会合にも出るようになった。

「宴会の場、はじめは苦痛だったのですが、それも次第に慣れ、いつしか、盛り上げ役のようにもなりました」

惣五郎の目元が綻《ほころ》んだ。

好奇の目に晒されていたのだろうが、それを商人として成功するのだという強い意志で跳ね返してきたに違いない。

「ご苦労なさったんですね。ほんと、見上げたお方ですよ」

三次は賞賛の言葉を贈った。

ここで勘十郎が、

「忍びの藤次から脅迫文が届くようになったのはいつからだ」

と、問いかけた。

惣五郎が答える前に、

「藤次はどんな脅しをかけてくるんですか」

三次が訊いた。

惣五郎は目をしばたたいて言った。

「おまえを店ごと焼いてやると、脅しております」

「そいつはひでえや。あ、すんません、で、いつ頃からですか」

「十日ほど前からです」

すると勘十郎が、

「十日で三通か」

三通の文を惣五郎に返した。

三次がそれを広げる。

「あっしゃ、かな文字なら読めるんですよ」

などと言いながら視線を落とした。

ひどい金釘《かなくぎ》文字である。

「わざと下手《へた》に書いたんですよね。それとも、藤次の奴、本当に字が下手糞《くそ》なんですか……」

ひどい字で五年前と同じ目に遭わせてやると書いてあった。三通みな、同じ文面である。

「今、家族はいるのか」

勘十郎の問いかけに惣五郎は首を左右に振り、

「いいえ、手前は一人でございます。奉公人はみな通いの者にしております。どうしても、五年前のことが頭から離れませんので……」

身内は持たないと決めたそうだ。

「忍びの藤次、江戸で盗みを働いているんですかね」

三次が勘十郎に訊くと、

「おれが知るわけないだろう」

素っ気《そけ》なく返され、

三次はすんませんと頭を下げた。

すると、

「それが……」

おそるおそる惣五郎は読売《よみうり》を取り出した。日本最初の読売は大坂落城を伝える記事だったという。以来二十一年、読売は庶民にとっては数少ない世俗の情報源である。

必ずしも正確な事実を伝えるものではないが、それがかえって庶民の興味をそそり、安価に手に入る娯楽となっていた。

二

その読売には風魔の残党、江戸で暴れる、という記事が載っていた。芝で二軒の商家が押し入られ、千両箱が盗み出された。二軒とも商家の主人や身内、奉公人が幾人か命を奪われたという。記事には藤次の名前はなかったが、脅迫文と合わせると残党が藤次である可能性は大きい。

「どうか、お助けください」

惣五郎は頭を下げた。

勘十郎はちらっと三次を見る。三次は手間賃帳から警護の項目と盗人退治の手間賃を算出し、

「一日に一両、それと盗人を退治したら十両ですね」

「承知しました。では、これを」

惣五郎は袱紗《ふくさ》に包んだ小判を取り出した。

「二十両ございます。まずは、納めてください。それで、藤次を退治してくださいましたら、五十両を別途差し上げます」

　三次が満面の笑みで、

「こいつはありがてえ」

　勘十郎は、

「話はついたな。それで、どうすればよい。日が暮れてから、おれが豊年屋に詰め、警護に当たろうか」

「そうしていただけたらありがたいのですが、よろしゅうございますか」

　これには三次が、

「もちろんですよ」

　と、勝手に返事をした。

　勘十郎は苦い顔をしてから、

「かまわんぞ。なら、今日の夕刻に参ろう」

「早速にありがとうございます」

　惣五郎はほっとしたようで、覆面から覗く目元が緩《ゆる》んだ。

惣五郎が帰ってから、入れ替わるようにして茂三がやって来た。

「どうも、ありがとうございます」

わざとらしく礼を言い、紹介料の無心をした。

勘十郎が、

「三公、払ってやれ」

と、声をかけたため三次は二両を渡した。

「二両とはありがたいですね。いやあ、さすがは豊年屋さんだ」

ありがたやありがたやと惣五郎は小判を押し頂いて何度も頭を下げた。

勘十郎が、

「盗人を退治したなら別途……」

ここまで語った時、三次が慌てて割り込み、

「いやあ、とにかく、豊年屋さん、大変にお辛い目に遭われたようでね、ほんと、あっしゃ、同情をしてしまいましたよ。同時に忍びの藤次って風魔の末裔野郎をね、許せねえ、絶対に退治してやるって意気込みましたぜ」

と、立板《たていた》に水の口調で捲《まく》し立て、別途五十両が貰える話は誤魔化《ごまか》してしまった。それでも、茂三は二両の副収入がよほどありがたいようで満面の笑みを浮かべて帰って

いった。

「さて、夕刻まで寝るか」

勘十郎は高鼾《たかいびき》をかいた。


十文字鑓《やり》を担いだ勘十郎は三次を伴い、芝大門《だいもん》、増上寺《ぞうじようじ》門前にある豊年屋へとやって来た。まだ日暮れには時があるが、早めに着くのがいいだろうと三次に急《せ》かされ銀杏屋を出たのだった。

三次は店で待たされたが、勘十郎は奥座敷に通された。丁度《ちようど》、小田原藩稲葉家納戸役猪瀬又二郎が来ているのだとか。

勘十郎は鑓を三次に預け、奥座敷に入った。

猪瀬は初老のふっくらとした頰の好々爺《こうこうや》然とした男であった。

「こちらが、守ってくださります向坂勘十郎さまです」

惣五郎は猪瀬に紹介した。

ぴんと立った勘十郎の茶筅髷を猪瀬は眩《まぶ》しげに見て、

「いやあ、実に頼もしい武者ぶりでございますな」

と、目を細めた。

「手前も向坂さまに守っていただければ安心でございます」

という惣五郎の言葉に、

「まさしく」

猪瀬も応じた。

勘十郎は笑みを返さず、

「猪瀬殿、忍びの藤次という男について、詳しくお話し頂きたい。猪瀬殿でわからなければどなたかを紹介してくださりたいのだが」

「拙者でわかりますぞ。拙者、五年前は国許にありましてな、藤次追捕の任にあたっておりました」

「ほう、それは好都合」

勘十郎は大きく首を縦に振った。

「歳は今なら四十前後になりますかな。風魔の末裔だけあって、強靭な身体をしておるようです。頭領の風魔小太郎《こたろう》は七尺《しゃく》近い大男だったそうですが、藤次も七尺とはいかずとも六尺に余る長身で、それでいて、非常に敏捷だそうです」

これは、捕らえた部下を拷問してわかったのだとか。

「そんな偉丈夫《いじょうふ》とあらば目立ちますな。猪瀬殿もしくは惣五郎、捕縛の場にあったのでしたな。その時、藤次を見てはいませぬか」

勘十郎の問いかけを、

「手前は女房、子供のことにばかり頭を取られていましたが……」

惣五郎は思い出そうと虚空《こくう》を見つめた。それからおもむろに、

「番屋に駆け込む前に見かけたのではないか」

勘十郎に言われ、

「さようでござりました」

と、返事をしてから、

「人影の中に図抜けて長身の者がおりました。顔は覆面で隠しておりましたが、その男は嵐にもかかわらず、身軽な動きで土蔵の屋根に登りましたな」

猪瀬もうなずき、

「そうじゃ、長身でひときわ動きのよい男がおったぞ」

「他には……」

勘十郎が猪瀬に問いを重ねる。

「両の頰に刀傷が縦に走っておるとか。しかも、その傷は藤次本人が自らつけたそうなのだ」

口が裂けている形相にするため、藤次は自ら刃物で頬を切り裂いたのだった。

「そんな目立つ男がよくも五年もの間、逃亡を続けられるものですな」

勘十郎が疑問を呈すると、

「そこが忍びの藤次なのだ。類稀《たぐいまれ》なる敏捷さ、闇に溶け込む忍びの者、というわけでござるな」

訳知り顔で猪瀬は言った。小田原城下には、風魔の伝説が数多く残されているそうだ。北条家のために神出鬼没《しんしゅつきぼつ》の働きをし、敵勢を攪乱《かくらん》した。そんな風魔の末裔である忍びの藤次なら捕方《とりかた》の目を潜り抜けるのはたやすいと猪瀬は言いたいようだ。

「その藤次が復讐のために江戸に戻って来たというわけか。もっとも、惣五郎にとっては藤次の方が家族、奉公人の敵《かたき》なのだがな」

勘十郎は言った。

「藤次は脅しの文には五年前と同じ目に遭わせてやるとありました。ということは、この店を焼くということではないでしょうか」

おずおずと惣五郎が問いかけた。

「そうかもしれぬ。ここの油に火をつけたなら、芝一面に燃え広がる。五年前は不幸中の幸いで嵐であったゆえ、類焼には及ばなかったが、雨ではなかったら、風向き次第では江戸中が火の海になるかもしれぬ」

猪瀬の懸念は決して大袈裟ではない。

「そんなことになりましたら、手前のせいで江戸が灰燼《かいじん》に……」

惣五郎は目を白黒させた。

「そんなことにはならんさ」

勘十郎は請け負った。

「お願い致します」

改めて惣五郎が頼むと、

「これは、一人、豊年屋惣五郎の問題ではなく江戸の守りということにもなりますな。拙者、町奉行所にも藤次捕縛を要請しますぞ」

猪瀬が言った。

「町奉行所は江戸の町を守り、手前は向坂さまに守って頂きます」

頼りにしていますと惣五郎は勘十郎に向いた。

「うむ、まあ、任せろ」

勢いで勘十郎は答えた。

「実は、向坂さま。これから、料理屋で会合があるのです」

申し訳なさそうに惣五郎は言った。

「かまわんぞ。警護の役目を果たすまでだ」

勘十郎はむしろその方がいいと思った。

ここでじっと、藤次を待つよりはその方がよい。


勘十郎は店に戻った。

三次に、

「惣五郎はこれから会合に出るそうだ。警護にゆく」

勘十郎が言うと、

「そりゃ、お疲れさまですね」

三次がそう返したので、

「馬鹿、おまえも来るんだよ」

勘十郎は三次の頭をはたいた。

「こりゃ、すんません。で、あっしは何をやれば」

「三公はな、惣五郎が乗った駕籠から離れた位置にあって藤次の出方を見張ってい
ろ」

「合点です。藤次はどんな野郎ですか」

「それがな、六尺に余る大男だそうだ。両の頬に刀傷を縦に走らせ、あたかも口が避けているように見えるんだとよ」

惣五郎と猪瀬から聞いた藤次の容貌を語った。三次は仰《の》け反《ぞ》りながらも、

「相当に怖そうな野郎ですね。でもね、面《つら》や背格好で怖気《おじけ》づくような会津の三次さんじゃござんせんぜ。風魔だろうが天魔だろうが、かかってこいってんだ」

「三公、藤次は相当に身軽な男だそうだぞ。油断するな」

「あっしも軽業師でしたからね、負けませんよ」

三次は胸を叩いた。

確かに三次は軽業師で、しかも相当な技の持ち主だ。忍びと大道《だいどう》芸人では動きも繰り出す技も違うだろうが、三次は頼り甲斐がある。

そこへ、

「お待たせしました」

惣五郎がやって来た。

勘十郎は惣五郎と共に店を出た。三次が少し間を取って追ってきた。

三

惣五郎を乗せた駕籠は豊年屋を出発した。

暮れなずむ町並みを駕籠はゆっくりと進む。駕籠の脇には十文字鑓を担いだ勘十郎が大手を振って歩いてゆく。

三次は周囲から気取《けど》られないようついていった。

駕籠は日本橋の料理屋桔梗屋《ききょうや》につけられた。駕籠から出た惣五郎に、

「会合相手は何者だ」

勘十郎は問いかけた。

「油問屋の仲間でござります」

と答えてからなるべく早く戻りますと言い、次のことを添えた。

「向坂さまのお食事は別座敷に用意させておりますので、どうぞ、遠慮なく召し上がってください」

惣五郎の会合が開かれる大きな座敷の近くに部屋が用意されており、食膳が据えら

れた。

酒を飲むのはまずいと蒔絵銚子《まきえちょうし》には手をつけずにいる。やがて、

「なんだ、勘さまばっかり」

不満そうな顔で三次が入って来た。

「三公、惣五郎の周囲を見張っておれと申したではないか」

「そうですがね。腹が減りましたんで」

「一食くらい我慢しろ」

勘十郎が言うと、

「そら、殺生《せっしょう》ですよ」

三次は恨めしそうに勘十郎の前に据えられた食膳を見下ろした。

「弁当を用意してもらう。さっさと見張れ」

「きっとですよ」

「ああ、武士に二言《にごん》はない」

勘十郎は右手をひらひらと振った。

三次は庭に潜むと言い残して出ていった。

が、程なくして料理屋の中が騒がしくなった。勘十郎は腰を上げた。そこへ、血相《けっそう》を変えた三次が飛び込んできた。

「勘さま、た、大変ですよ。そ、惣五郎さんが……惣五郎さんが殺されました」

さすがに驚き、

「なんだと」

勘十郎は鑓を手に立ち上がった。

抜かった。

相談されたその日に相談主が殺されたとは面目丸潰れもいいところである。それにしても、忍びの藤次は惣五郎を店ごと焼き殺すのではなかったのか。

藤次を責めるのは筋違いだが欺《あざむ》かれたような心持ちだ。取り返しのつかない失態をしたと改めて自分に叱責を加えながら大座敷へと向かった。

夕映《ば》えの庭に面した廊下で人だかりがする。店の女中や客のようだ。

三次が、

「退いた、退いた」

と、乱暴にかき分けた。

夕陽で茜《あかね》に染まった廊下は血に染まっている。血溜まりの中、黒覆面を被った男が倒れていた。

「なんてこったよ」

三次は天を仰いで絶句した。惣五郎の亡骸《なきがら》を目《ま》の当たりにし、勘十郎も歯嚙みした。任せろと自信たっぷりに引き受けた自分が情けない。

すると、

「向坂さま」

と、声をかけられた。

聞き覚えのある声だと振り返ると、豊年屋惣五郎が立っているではないか。

三次が、

「あれ……あれれ、豊年屋の旦那、どうしたんですよ」

目を白黒させて語りかけた。

惣五郎に違いない。

無事だったことには勘十郎も安堵してから、改めて亡骸を見やった。

惣五郎は自分と同じ黒覆面を被っている男を見下ろし、目を瞠《みは》った。勘十郎が亡骸の脇に屈み込み、黒覆面を剝ぎ取った。

中年の丸い顔が現れた。頭も丸めている。

「喜多郎《きたろう》……」

惣五郎が呟いた。

「知っておるのか」

勘十郎の問いかけに、

「幇間《たいこもち》です」

宴会の座敷に呼んだ幇間ということだ。

「どうして、黒覆面なんぞをしておるのだ」

勘十郎が問いを重ねる。

「幇間らしいと申しますか、手前と同じ格好をして、女中を騙《だま》そうなどという趣向を思いついたようです」

馬鹿な奴だと惣五郎は嘆き、

「そんなことをするものではないと、止めたのですがね、手前がもっと強い口調で止めるべきだったですな。よりにもよってあたしと間違われて殺されるなんて」

と、うめいた。

「それにしても、すげえですね。この斬られようは」

三次が言ったように喜多郎は袈裟《けさ》懸《が》けに一刀の下《もと》に斬殺されていた。

「忍びの藤次、相当な腕ですよ」

三次が言った。

刀傷は藤次が並外れた力の持ち主であることを物語っていた。長身から繰り出される太刀筋は迅速にして正確、実戦で鍛えた腕なのかもしれない。

「三公、おまえ、喜多郎が殺された現場を見ていなかったのか」

勘十郎の問いかけに、

「あっしが庭に行ったときには、既に殺された後だったんですよ」

申し訳ございませんと、三次は頭を掻いた。

「すると、藤次はあらかじめ、庭に潜んでおったということになるな」

勘十郎は言った。

「そうに違いありませんよ」

訳知り顔で三次は賛同する。

「三公がな、食い意地を張って飯なんか食べにこなければ、藤次は見つけられ、喜多郎は殺されずにすんだのだ」

勘十郎が責めると、

「それを言わねえでくださいよ」

「ほんとのことじゃないか」

「きついなあ」

三次が苦い顔をしたところへ、北町奉行所の同心、蔵間錦之助《くらまきんのすけ》がやって来た。背はさほど高くはないが、がっしりとした身体つき、浅黒く日焼けしたいかつい顔とあって一見して近寄りがたい男だ。ところが見かけによらず人情に篤《あつ》いとあって勘十郎も三次も親しんでいる。

勘十郎と三次を見て戸惑ったが、三次がかいつまんでここにいるわけを話した。錦之助は驚きながらも、

「それは心強いというか、下手人《げしゅにん》探しはお手を煩《わずら》わせません」

錦之助は言った。

いつもいつも頼りにはならんぞと勘十郎は返したが、

「下手人の見当はついているんですよ」

三次は胸を張った。

「ほう、そうなのか」

錦之助は勘十郎を見た。

勘十郎がうなずくと三次は惣五郎と忍びの藤次の経緯《いきさつ》、五年前に押し入られ家族、

奉公人を焼き殺されたこと、最近になって五年前と同じ目に遭わせてやるという脅迫文が届くようになったことを立板に水の口調で語った。

語り終えると、

「その忍びの藤次に違いありませんよ」

三次は断じた。

続く、

「藤次は豊年屋に火をつけるかもしれん。豊年屋は油問屋だ。油は土蔵に納めてあるといっても、火は燃え広がる」

という勘十郎の言葉が錦之助の危機感を煽《あお》り立てた。惣五郎も、

「向坂さまには藤次から守ってくださるようお願いしております。どうか、町奉行所におかれましても、藤次捕縛をお願い致します」

と、深々と頭を下げた。

「うむ、承知した」

錦之助は藤次捕縛へ向け、奉行所でも全力で取り組む約束をした。

ふと錦之助に、

「藤次を追うのは当然としても、その一方で喜多郎殺しも一から調べた方がよいな」

勘十郎が助言すると、

「藤次の仕業じゃないって、勘さまはお考えなんですか」

三次が疑問を返した。

「疑ってはおらぬ、ただ、決め付けてしまっていいのかということだ」

勘十郎は念のためだと言い添えた。

「おっしゃる通りですね」

錦之助も承知をし、庭を見回した。

日が暮れ、石灯籠《いしどうろう》に灯りが灯され、紅白の梅が香り立っている。殺伐《さつばつ》とした殺しの現場には不似合いな玄妙な世界が醸《かも》し出されていた。ふと、錦之助は植込みに目を留めた。刀が落ちている。

錦之助は駆け寄ると刀を取り、抜いた。石灯籠に近づける。

「血糊《ちのり》が残っていますね」

錦之助は勘十郎に抜き身を示した。

刃渡り二尺四寸ほどだ。

「大男の藤次にしては小振りな刀だが、それが凶器であろうな」

勘十郎の考えにうなずき、錦之助は納刀し惣五郎の座敷にいた連中から話を聞き始めた。

しかし、いずれも商人、喜多郎の亡骸が物語るように袈裟懸けに一刀の下に斬殺できる者などいるとは思えない。

となると、周辺の聞き込みが必要だ。

ともかく、今日のところは、無事に惣五郎は豊年屋に引き返した。

勘十郎は豊年屋で一晩を過ごすことにした。既に奉公人たちは帰っており、店内は静まり返っている。

「まこと、今日は、喜多郎のお陰で命拾いをしました。思えば、あいつには本当に気の毒なことになってしまいました」

しみじみと惣五郎は言った。

「藤次、相当に剣の腕が立つようだな」

勘十郎が話題を藤次に向けた。

「よくはわかりませんが、忍びだけあって、武芸の心得もあるのではありませんかね」

「ともかく、おれは今日は寝ずの番をするから、安心しろ」

今度こそ手抜かりはないと勘十郎は引き受けた。

「まこと、申し訳ございませんが、くれぐれもよろしくお願い致します」

遠慮がちながらもしっかりとした口調で頼み、惣五郎は寝間へと向かった。

雨戸を閉ざす。

勘十郎は廊下に座った。

鑓を脇に置き、いつでも振るえるように用意をする。その日の晩は妙に静かだった。

「あの、これ」

惣五郎は気を使って酒を持って来た。

「さすがに今日は飲めぬな」

豪放磊落《ごうほうらいらく》な勘十郎でも断った。

その晩は藤次も警戒をしたのか、豊年屋を襲うことはなかった。

朝を迎え、奉公人たちがやって来ると、

「無事でした」

惣五郎はほっとした。

四

徹夜の目に朝日が眩しい。勘十郎は銀杏屋の離れに戻った。

入るなり、

「寝るぞ」

と、三次の返事を待つことなく腕枕で高鼾《いびき》をかく。

三次も徹夜明けであるとわかっているため、声をかけず、鼾がうるさいと離れ、近くの物置小屋に避難した。

物置に敷いた畳に明かり取りの窓から朝日が差し、陽だまりとなっている。その中にいると三次もこくりこくりと舟を漕ぎ始めた。目が覚めた時は蔵間錦之助に肩を叩かれていた。

「あっ……うう……」

素《す》っ頓狂《とんきょう》な声で錦之助を見返すと、

「おいおい、寝ておっては商いはできぬぞ」

錦之助は渋い顔をした。

「こらすまねえこって」

離れの勘十郎に声をかけようと立とうとしたが、錦之助も豊年屋での寝ずの番を承知しているため遠慮した。

「勘さまに伝えてもらいたいのだがな」

錦之助は喜多郎殺しの聞き込みについて報告にきたようだ。三次はうなずく。

「喜多郎という男、幇間だけあって調子のいい男でな、方々で借金をしていた。特に賭場《とば》でこさえた借金が凄くてな、博徒《ばくと》どもの取りたてから逃げ回っていたそうだ」

「いかにも幇間ですね」

三次は調子を合わせた。

「昨日会合を持った旦那衆にも借金していた」

「豊年屋さんにもですか」

三次の問いかけに錦之助は首肯《しゅこう》し、

「豊年屋惣五郎には最も借金をしていたようだな」

「なるほど……でも、今回は借金がらみじゃござんせんよね。喜多郎は惣五郎旦那に間違われて忍びの藤次に殺されたんですから」

三次の言葉にうなずきつつも、

「そうなんだろうがな、ちと、妙なことを小耳に挟んだのだがな」

錦之助は言った。

ここで、

「お〜い、三公、いないのか」

と、勘十郎が目を覚ました。

「ここにいますよ」

三次は腰を上げ物置小屋からひょこっと首を出し、

「蔵間の旦那も一緒です。そっちへ行きますよ」

「いや、よい」

勘十郎はあくびをし、腕を掻きながらこちらにやって来た。錦之助が聞き込みの様子をかいつまんで報告した。

「それで、妙なこととは何だ」

勘十郎は興味を抱いたようだ。

錦之助は背筋を伸ばし、

「喜多郎に黒覆面を被るよう言いつけたのは惣五郎だというのです」

喜多郎は嫌がっていたそうだ。

「喜多郎も、惣五郎の火傷をはばかって、そんなことはできないって嫌がったそうなんですがね、惣五郎がどうしてもやれと。借金のいくらかをちゃらにしてやるとまで言って、喜多郎にやらせたのだそうです」

錦之助の話を受け、

「こりゃ、惣五郎旦那、喜多郎を身代わりに立てたんですよ」

三次が口を挟んだ。

「わしもそう思いますよ」

錦之助が賛同すると、

「あんまり、褒められた話じゃござんせんね。なんだか、あっしゃ、豊年屋惣五郎ってお人が嫌いになりましたよ。家族を焼き殺されたってことには同情しますがね」

三次らしい正直な物言いをした。

錦之助が、

「決め付けられませんがね、わしも喜多郎は惣五郎に身代わりにされたんだって、思いますよ。喜多郎は惣五郎と背格好が似ていますからね。惣五郎にしてみたら、いい身代わりだと踏んだのでしょう」

「勘さまもそう思うでしょう」

三次が問いかけると、

「妙だな」

勘十郎は首を捻《ひね》った。

「妙ってのはどういうこって」

「惣五郎は桔梗屋で忍びの藤次に襲われること、わかっておったのかな」

勘十郎の疑問には錦之助が、

「用心ということではございませんかね。襲ってくるとわかっていたんじゃなくて、念のため、襲われるかもってことで」

「そうですよ」

三次も賛同する。

「そう考えれば、筋は通るがな」

受け入れながらも勘十郎はいまひとつ納得できないようだ。

「なんですよ、奥歯に物が挟まったような物言いをなさって。勘さまらしくないですよ」

三次に言われてもそれには答えず、

「ところで、忍びの藤次が働いた盗みが起きたのだろう」

勘十郎は錦之助に問いかけた。

「ええ、二件、凶悪な盗みがあったんですがね、一件は藤次の仕業《しわざ》じゃありませんでした」

下手人は野盗であったそうだ。もう一件は下手人が不明だそうだ。

「忍びの藤次、しぶといですよ」

三次は言った。

「勘さま、くれぐれもご用心してください。今晩、町奉行所も豊年屋の周辺を夜回りしますんでね」

「それはすまぬな」

勘十郎は受け入れたものの、やはり浮かない顔である。

「よし、もう一眠りするか」

勘十郎は奥へと向かった。


その日の夕刻、勘十郎は豊年屋へとやって来た。空には雨雲がたれこめ、空気は湿っている。今夜は雨になるだろう。

惣五郎は居間に食事を用意させた。勘十郎は箸をつけることなく、

「昨日殺された喜多郎、ずいぶんと借金をしておったようだな」

するとと惣五郎が、

「ええ、あいつ、博打が好きで賭場にずいぶんと借金をしたようです。あたしはいい加減にしておきなさいと口を酸《す》っぱくして言ってやったんですがね、一向に改めようとしませんでした」

「おまえからも借金をしておったのだな」

「ええ、まあ……知らない仲ではありませんでしたから、多少は融通してやりましたがね」

五十両ほどを惣五郎は喜多郎に貸したのだとか。

「その借金を棒引きにしてやるからと、黒覆面をつけさせたのではないのか」

勘十郎はずばり問いかけた。

「そんな……手前が喜多郎を身代わりに立てたとおっしゃるのですか」

惣五郎は絶句した。

「違うのか」

勘十郎は問い直す。

惣五郎は視線を落とし、しばらく口をもごもごとさせていたが、

「おっしゃる通りです。手前は怖くなる余り、喜多郎を身代わりに立てました。ほんとうに、申し訳ないことだと思っております」

と、白状した。

「藤次が桔梗屋にやって来るとわかっていたのか」

「わかっていたわけではありません。念のためと申しますか、用心をしたのでござります」

言い訳めいた口調で惣五郎は言い添えた。

「それならば、おれを座敷とは言わないまでも、座敷近くの廊下で待たせておけばよかったではないか」

「それでは、申し訳ございません。手前が酒を飲んで遊んでおる横で、向坂さまを待たせておくなど」

惣五郎は首を左右に振った。

「それがおれの役目であろう。二十両もの金をもらって引き受けたのだからな」

勘十郎は言った。

「それはそうですが」

またも口をもごもごとさせ惣五郎は恐縮した。やおら、勘十郎は目を凝《こ》らして問いかけた。

「まことは、おれが座敷近くにいてはまずかったのではないのか」

「そんなはずございません」

惣五郎の声が大きくなった。

「本当のことを申せ。腹を割ってくれぬと、おまえを藤次から守ることはできぬ」

「はあ……」

それでも躊躇《ためら》う惣五郎に
「どうした。本音を申せ」

勘十郎は迫った。

「それは」

惣五郎は口を開きかけた。

「よし、話す気になったようだな」

腕を組み、勘十郎は惣五郎の言葉を待つ。

「藤次と話がつけられるかと淡い期待を抱いたのです」

惣五郎はちょっとお待ちくださいと、席を立った。惣五郎を待つ間、勘十郎は食膳の箸を取り、里芋をぶすっと刺した。里芋をもごもごと食べている内に惣五郎は戻って来た。

手には文《ふみ》を握り締めている。

それを勘十郎は受け取り、さっと目を通す。

そこには、桔梗屋で会いたいと金釘文字で記されていた。

「文面からしまして、藤次の真意はわかりませんでしたが、話をするということは、たとえば、金で解決できると思ったのです」

「喜多郎を身代わりに立てたのは……」

「喜多郎に藤次の話を聞かせようと思ったのです」

手前は卑怯者だと惣五郎はうなだれた。

「この文のこと、おれには知られたくなかったのだな」

「申し訳ございません」

「しかし、藤次に話し合いの気持ちはなかったということか」

勘十郎は言った。

五

「そういうことだったと思います。いくら、お金を積もうと、手前を許さないということでございましょう」

　惣五郎は言った。

「それなら、どうしてこのような文を寄越したのだろうな」

　勘十郎はもう一度、文を見た。下手糞《へたくそ》な文字からは藤次の真意は読み取れない。

「手前を殺そうとしてではないでしょうか」

「藤次は予告したのであったな。五年前と同じ目に遭わせると。それならば、この店ごと焼き殺すのではないのか」

「手前もそう思ったのですが……」

　惣五郎も戸惑っている様子である。

「わからんな」

　勘十郎が言った時、屋根を打つ雨音が聞こえた。と、思ったら降りは激しくなり風も吹いてきた。

惣五郎の顔に怯《おび》えの色が浮かんだ。

「あの夜と同じでございます。五年前もこのような嵐の夜でございました」

すると、

「旦那さま、猪瀬さまがいらっしゃいました」

という奉公人の声が聞こえた。

「お、お通しして」

惣五郎が返すと、程なくして猪瀬又二郎がやって来た。

勘十郎に目で挨拶をしてから、

「聞いたぞ、藤次が現れたのだそうだな」

猪瀬は惣五郎に向いた。

「これはわざわざ、ご心配くださいまして、まことにありがとうございます」

惣五郎は礼を言った。

「いや、それより、藤次を甘く見ない方がよい」

猪瀬は危ぶんだ。

「ですからこのように向坂さまに用心して頂いております」

惣五郎に視線を向けられ、

「うむ、任せておけ」

勘十郎は請け負った。

猪瀬はうなずきながらも、

「しかし、胸騒ぎがするな、この嵐」

猪瀬も五年前の夜を思い出しているようだ。

「油と金は用心しておるな」

猪瀬は言った。

「はい、猪瀬さまのお言葉に甘えまして、稲葉家の抱え屋敷にて預かって頂きました」

惣五郎が答えたところで猪瀬が、

「用心した方がよいと思いましてな、店で必要な油以外と、必要な金以外は藤次が退治されるまで稲葉家中の抱え屋敷で預かったのです」

と、説明をしてくれた。

「まこと、猪瀬さまにはお世話になりっぱなしでございます」

惣五郎は言った。

「それならば、藤次にも手が出せないというわけですな」

勘十郎は納得した。

その間にも雨は強くなった。

惣五郎は奉公人たちを帰し、

「ああ、これは気がつきませんで」

と、猪瀬の分も食事を用意した。それから酒も出たが、

「いや、今日のところはやめておく」

酒でしくじるわけにはいかない。

酒の代わりに茶を飲んだ。半時ほど、猪瀬は油の仕入れについて話をしてから帰ろうとしたが、嵐のため出るに出られない。

「よいではございませぬか。今夜はお泊りください」

惣五郎は引き止めた。

一人でも多い方が心強いというようだ。

「そうじゃのう」

猪瀬も応じた。

程なくして、勘十郎は睡魔に襲われた。

「いかん」

自分の膝を思い切り、つねった。

痛みで目が覚めたが、しばらくはよかったものの再び睡魔に襲われる。今度は拳《こぶし》で頬を殴る。今度も殴った時は目が開いたが、すぐに瞼《まぶた》は重くなった。そして、身体が揺れる。

「いかん」

自分を叱責した。

二日続きの徹夜は堪える。

いや。昼寝で睡眠は補った。

が、とどめの睡魔に襲われ眠りこけてしまった。

しばらくして勘十郎は猛烈な熱《あつ》さに気づいた。

「なんだ」

呟くと閉じた瞼が赤い。

目を開けると、炎が立ち上っていた。

「いかん」

素早く、十文字鑓を手に腰を上げた。

天井まで炎が立ち上っている。

大きな声を出したが、返事はない。

「惣五郎！」

「猪瀬殿」

猪瀬も声を返さなかった。

炎を避けながら惣五郎の寝間へと向かおうと思ったが、とてものこと、辿り着けるものではない。火の粉が勘十郎に降りかかる。もう一度、惣五郎と猪瀬を呼んだが返事はない。自分の声すらも燃え盛る炎にかき消された。

雨戸を蹴破り、庭へと飛び出した。

母屋は屋根にまで炎が立ち上っている。雨が降っているため、類焼の心配はないだろう。とはいえ、惣五郎と猪瀬の身が心配だ。

見上げると、母屋《おもや》は燃え落ちてしまった。

勘十郎は雨に打たれながら呆然と見上げた。

夜が明けると、嵐が過ぎ去り、日本晴れの朝となった。

錦之助が豊年屋を調べた。

その間、勘十郎は立ち去るわけにもいかず、検証に立ち会う。

すると、猪瀬がやって来た。

「大変なことになりましたな」

猪瀬は声をかけてきた。

「ご無事でしたか」

驚きと共に勘十郎は返した。

「惣五郎は……」

猪瀬は問いかけてきたが、

「それが……」

答えられない。

ともかく、無事なことを祈るばかりだ。

すると、

「勘さま、ちょっと、来てください」

錦之助に頼まれて現場に出向いた。黒焦げの亡骸《なきがら》が横たわっている。この場所は寝間のあった辺りだ。

「惣五郎ですかね」

錦之助が問いかけると、

「そうだな」

勘十郎は錦之助に十文字鑓を預けて亡骸の脇に屈《かが》み込んだ。じっくりと見たが、面相はもちろん、着物も焼けてしまっている。それでも、惣五郎だと思って見れば、惣五郎に違いなさそうだ。

「惣五郎だろう」

勘十郎は答えた。

そこへ、猪瀬がやって来た。

勘十郎は錦之助に猪瀬を紹介した。猪瀬は頭を下げる。

「惣五郎のようですな」

苦い顔で猪瀬は言った。

「しくじった」

勘十郎は詫びてから猪瀬に謝っても仕方がないと悔いた。

「何をしておられたのだ」

猪瀬は責めるような口調となった。

「面目ござらん」

眠りこけてしまったことを勘十郎は正直に話した。

「眠っておった」

猪瀬は舌打ちをした。

どのような罵詈雑言《ばりぞうごん》を浴びせられても言い訳はできない。

「こんなことになるのでしたら、惣五郎を無理にでも藩邸に連れて行くのでした」

猪瀬は言った。

「あれから、猪瀬殿は藩邸に戻られましたか」

勘十郎の問いかけに猪瀬は憮然となりながら、

「この近くにある藩の町屋でござる。せめて、そこへ連れて行くべきだった。だが、惣五郎の奴は貴殿を信頼して……」

おまえのせいだと猪瀬は責めていた。

勘十郎は胸が塞《ふさ》がれた。

藤次は予告通り、油をまいて店ごと惣五郎を焼き殺してしまった。最悪の結末である。

「これで、藤次は目的を遂《と》げたわけだが、この後、どうするかだな」

猪瀬は言った。

錦之助が、

「町奉行所が沽券《こけん》にかけて捕まえます」

と、意気込んだ。

自分もだと言いたいところだが、失敗をした後とあって大言壮語《たいげんそうご》はできない。

「わが小田原藩稲葉家中も力を貸す。元はといえば、小田原藩が捕縛し損なった賊徒であるからな」

猪瀬は言った。

「お願い致します」

素直に錦之助は協力を求めた。苦《にが》い思いで勘十郎は唇を噛《か》んだ。

「さて、藤次を追捕する部隊を編成するか」

猪瀬は足早に去った。

錦之助が、

「勘さま、もう、くよくよしても仕方ありませんよ」

と慰めてくれた。

「藤次を捕まえるぞ」

それでしか汚名返上《おめいへんじよう》はできない。

六

しかし、藤次は雲のように消えてしまった。

五日が過ぎたが、町奉行所の追及にもかかわらず行方は杳《よう》として知れない。

三次が、

「忍びの藤次の奴、何処へ雲隠れをしているんですかね。それとも、江戸から逃げたのかもしれませんぜ。豊年屋が焼かれた時は嵐だったですからね、嵐に紛れて、それこそ風を食らって逃げたんじゃありませんか。だって、そうでしょう。惣五郎を焼き殺すって目的は遂げたんですよ。江戸にいる理由がありませんや」

べらべらと語り続ける三次の言葉を勘十郎は聞き流した。

黙り込んでいるため、

「勘さま、聞いていらっしゃるんですか」

三次は焦れた。

「ああ」

勘十郎は大きくあくびをした。

「ったくもう」

三次が顔を歪《ゆが》ませたところで、

「御免」

と、小田原藩稲葉家中の納戸方、猪瀬又二郎がやって来た。

三次がどうぞと導くまでもなく、階を上がり勘十郎と面談に及んだ。

「藤次の行方、わからぬようですな」

猪瀬が切り出した。

三次が、

「それですがね、今も勘さまに話したところなんですが、嵐に紛れて江戸から逃げてしまったんじゃないかってね」

「そうかもな」

おまえの落ち度だと言わんばかりの険《けわ》しい視線を猪瀬は勘十郎に向けた。猪瀬から発せられる雰囲気に、

「あの、猪瀬さま、本日いらしたのはどのような御用向きですか」

と、恐る恐る問いかけた。

猪瀬が口を開く前に、

「おれに惣五郎の死の責任をとれと言いに来たのかな」

勘十郎が言った。

「いかにも……、とは申さぬ」

意外にも猪瀬は表情を穏やかにした。

勘十郎が目で問いかける。

「本日、参ったのは惣五郎より預けられた油と金をいかにすべきかと相談に参ったのでござる」

猪瀬は言った。

「小田原藩で受け取るわけにはいかないということですかな」

勘十郎は問いかけた。

「惣五郎の私物ですからな。惣五郎の身内はおらず、どうしたものかと、いささか困っておる次第」

猪瀬が言うと、

「貰っておくわけにはいかないんですか」

当然のように三次が問い返した。

「それはな……」

猪瀬は困ったというような顔をした。

「施《ほどこ》しに使って欲しいと町奉行所に寄付したらいかがかな」

勘十郎の提案を、

「そうですな、そうしますか」

猪瀬は思案した。

勘十郎はふと、

「惣五郎、果たして死んだのであろうかな」

呟くように言った。

猪瀬は戸惑うように目をしばたたき、

「それ、どういうこってすよ」

三次は疑問を口に出した。

猪瀬が、

「しかし、焼け跡から惣五郎の亡骸が出てきたではないか」

三次もうなずきながら、

「そうですよ」

と、言い添える。

勘十郎はにやりとして、

「焼け跡から見つかったのは惣五郎の亡骸ではなく、黒焦げの仏だ」

「だから、それが惣五郎の亡骸であろう」

猪瀬は念押しをした。

「経緯を思えば惣五郎の亡骸だ。だがな、ふと考えてみたんだ」

勘十郎の目が鋭く凝らされた。

三次が口を挟もうとしたところで、猪瀬は黙っていろとばかりに睨みつける。三次が口をつぐむと、

「惣五郎は果たして惣五郎であったのかなと思ったのだ」

「なんです、禅問答みたいですぜ」

思わず問いかけてから三次は猪瀬の視線を気にして口を閉ざした。

「言った通りだ。つまりだ、おれに助けを求めてきた惣五郎、つまり五年前、小田原で忍びの藤次によって家族を奪われた惣五郎……果たして本物の惣五郎であろうかな」

これには猪瀬が、

「どういうことでござる」

「桔梗屋で幇間が殺された……あの時、幇間を藤次は殺したが白昼《はくちゅう》にもかかわらず、藤次を見た者はいない。藤次は六尺に余る大男なのだぞ。真夜中ならともかく、昼間、日本橋界隈で誰にも見られることなく逃亡できたとは思えぬ」

と、疑問を呈した。

「向坂殿、惣五郎が幇間を殺したとでもお考えかな」

猪瀬の問いかけに、

「そう考えて間違いはなかろうと存ずる」

「しかし、惣五郎は商人、とても、袈裟懸けに斬り殺すことなどできませぬぞ」

「ですから、惣五郎が商人ではないとしたら、可能ですな。庭に刀が転がっていた。藤次が捨てていったものと思われた。だがな、あの刀、刃渡り二尺四寸であった。六尺の大男が持つには短か過ぎるな」

勘十郎の考えに、

「違いねえや」

三次が賛同した。

ところが、

「しかし、何ゆえ、惣五郎が喜多郎とか申す幇間を殺さねばならんのだ」

という猪瀬の疑問にも、

「そりゃそうですよ。どうして惣五郎旦那が幇間野郎を殺さないといけねえんです」

三次は同調する有様だ。

「町奉行所の調べで喜多郎は小田原にいたそうだ。惣五郎のことは小田原にいた頃から知っていたようだ。すると、惣五郎が惣五郎ではないと、知っていたとしても不思議はない。そして、喜多郎は惣五郎から相当な借金をしていた。惣五郎は五十両だと申しておったが、実際はもっと多いのかもしれない。そして、それは貸したはいいが返ってこない金……」

「つまり、惣五郎旦那は喜多郎からゆすられていたっていうことですか」

話してから三次は口を半開きにした。

「そう考えてもよいのではないか」

当然のように勘十郎は言ってのけた。

「それで、惣五郎旦那は忍びの藤次の仕業に見せかけて口を塞いだってこってすか」

三次が返すと続いて猪瀬が、

「ならば惣五郎は何者だとお考えか」

「その前に猪瀬殿、小田原で惣五郎とは顔見知りであったのですな」

勘十郎の問いかけに、

「いかにも。わしは、惣五郎をよく知っておった。忍びの藤次捕縛の任にあったがゆえ、城下にある商家の主《あるじ》どもには捕縛への手助けを求めておったからな」

猪瀬が答えると、

「じゃあ、今の惣五郎旦那と同じだったんですね」

三次が問いかける。

「間違いない。なんなら、稲葉家中の他の者に確かめてもらってもよい。豊年屋惣五郎は間違いなく小田原でも豊年屋惣五郎であったのじゃ」

猪瀬は断定した。

勘十郎は唸った。

「まさか、貴殿《きでん》、忍びの藤次が惣五郎に成りすましたと考えたのか」

薄笑いを浮かべながら猪瀬は問いかけた。

「実はその通り」

勘十郎は唇を嚙んだ。

「とんだ見当違いもいいところであるな。第一、藤次は六尺の大男、惣五郎は精々《せいぜい》、五尺二寸だ。まるで別人ではないか。それればかりではない。面相もまるで違う」

　これを三次が受けて、

「あれですよね。忍びの藤次は自分で口を刃物で切り裂いたって悪党面ですものね」

「その通り」

　答えてから猪瀬は笑い声を立て、

「貴殿の考えはわかる。惣五郎が顔に火傷を負ったのはその傷を隠すためだ、ということではござらぬか」

「いかにも」

　勘十郎は苦しげにうなずいた。

「それも、見当違いだと言えるのではござらんかな」

　猪瀬のせせら笑いは勘十郎の敗北を告げるものであった。

「こりゃ、無理があり過ぎですよ」

　三次までも勘十郎の考えを揶揄《やゆ》する始末である。

「いや、向坂殿、ずいぶんと面白いお考えを聞かせてもらった」

　勘十郎は苦虫《にがむし》を嚙んだような顔で、

「油と金は、小田原藩のお抱え屋敷にあるのですな」

　と、問いかけた。

「いかにも。明日には奉行所に届けましょう」

猪瀬は立ち上がった。

「どうも、ご足労《そくろう》ありがとうございます」

三次が見送りに出た。

七

三次は離れ座敷に戻ると、

「勘さま、今回ばかりは分《ぶ》が悪かったですね」

「いや、そうでもないぞ」

勘十郎は動じていない。

「強がったっていけませんよ。それより、猪瀬さまに惣五郎旦那が殺された責任を取れ、手間賃を返せって言われないでよかったですよ」

三次はひやひやしていましたよと、手拭《てぬぐい》で顔を拭いた。

「それにしても、猪瀬、何をしに来たのだろうな」

勘十郎はぽつりと言った。

「ですから、おっしゃったじゃござんせんか。惣五郎旦那から預かったお金や油の処分について相談にいらしたんですよ」

どうしてそんなことを訊くのだと三次は首を傾げた。

「そんなことをおれに相談するものかな。おれとは関わりがないではないか」

「まあ、そりゃそうですがね。猪瀬さま、律儀《りちぎ》なお方《かた》なんじゃござんせんか。惣五郎旦那が頼った勘さまにも筋《すじ》を通そうとされたんですよ」

「おれに筋など通す必要はあるまい。三公が恐れていたように、惣五郎警護の役目をしくじったことを責め立てに来るのが当然だ。だが、猪瀬はそれよりも惣五郎の私財処分に話題を向けた。町奉行所へ寄付するなどおれや三公でなくとも思いつく。猪瀬だって、それくらいのことは考えただろう」

勘十郎の疑問に三次は困惑し、

「勘さま、何がおっしゃりたいんですか」

まじめな顔をした。

「猪瀬、怪しいということだ」

「って言いますと」

「しかとは申せぬが、今回の一件、おれは惣五郎と猪瀬が組んだ大芝居だと思う」

「ええっ。てことは、惣五郎旦那は生きている……さっき、勘さまが猪瀬さまにおっしゃった、あっしたちが会った惣五郎旦那は忍びの藤次が成りすましたっておっしゃるんですか。ですけど、藤次と惣五郎旦那は姿形がまるで違うんですよ」

「そうだな。惣五郎は五尺二寸の中背、藤次は六尺に余る大男……惣五郎が五尺二寸であるのは、おれたちも確認している。だが、藤次が六尺の大男だとは確かめておらんぞ」

「ですが、小田原藩の人相書にはそう記されていたんですよね」

「人相書を作ったのは誰だ」

「……猪瀬さまってこってすか」

「そうだ。小田原藩稲葉家中にあって忍びの藤次追捕の任にあった猪瀬又二郎だ。猪瀬は捕縛した藤次一味を拷問して藤次の人相を訊き出したと申しておった。惣五郎も口裏を合わせるように、小田原の豊年屋を襲った藤次の面相はわからねど大男であったと証言した」

「なるほど、じゃあ、藤次は小田原の豊年屋を襲った時、本物の惣五郎旦那を焼き殺して、その後、成りすましたということですか。ですがね、そんなことをすりゃあ、小田原藩稲葉さまの御家中《ごかちゅう》の方にばれるんじゃやござんせんかね」

「忍びの藤次が実際は大柄ではなく、本物の惣五郎とそれほど背格好や歳が違わないとしたらどうだ」

「でも、面相……あっそうか。黒覆面だ。あれは、藤次が惣五郎旦那に成りすますため、わざと火傷して被るようになったってこってすか」

ようやく納得したと三次は言った。

「それに間違いなかろう」

勘十郎が断じたところで、

「とんでもねえ悪党ですね。あっしゃ、絶対に許しませんよ。でも、どうして、藤次に脅されているなんて相談に来たんですかね」

「おそらくは、幇間の喜多郎に正体を勘付かれたからだろう。正体を見破られて脅された。喜多郎は惣五郎が藤次であるばかりか、猪瀬も藤次とぐるだと見抜いた」

「なら、喜多郎を始末するだけでいいんじゃござんせんか」

「惣五郎と猪瀬は考えたのだ。喜多郎の始末に加えて確保した財を江戸の外にもっていくことをな」

喜多郎の他にも猪瀬と惣五郎を怪しむ者が出てきたのではないか。

「豊年屋の土蔵にあったのは、油と商いで得た金ばかりじゃなくって、東海道を荒らし回って奪った財宝もあったのかもしれませんね」

「そういうことだ。だから、それらの財宝を稲葉家の抱え屋敷に置いておくわけにもいかない。気づかれる前に、安全な隠し場所に持っていこうと算段《さんだん》した。惣五郎は藤次に殺されたと見せかけてな」

「その証人に仕立てようと、勘さまを利用したってことですね」

三次は憤った。

「まったく、おれも舐《な》められたものだ。だから、この礼はきっちりとしてやる」

勘十郎は目に力を込めた。

そこへ、

「勘さま」

と、茂三がやって来た。

茂三は肩を落としている。

「どうか、なさいましたか」

いぶかしむ三次に、

「あの……豊年屋さんがとんだことになりまして」

おずおずと茂三は切り出した。

惣五郎が藤次の成りすましだと勘十郎と語り合った後だけに三次は複雑な顔となった。勘十郎も答えづらそうだ。

「それで、勘さまから頂いた二両をですね、貰っておいていいものかと思いましてね」

茂三は気が差すと言った。

「貰っておいていいんじゃござんせんか」

三次が返すと、

「勘さまは」

と、茂三は勘十郎を見た。

「貰っておくぞ。あとは、藤次を成敗《せいばい》すればそれが手間賃となる」

勘十郎は言った。

「それはそうですね」

「おまえも、貰っておけ。これはおれがやったのだ。武士が一旦懐から出した銭、貰うわけにはいかん」

「それもそうですね」

茂三は笑みを浮かべた。

八

その日の晩、勘十郎と三次は芝、増上寺の門前町にある小田原藩稲葉家の町屋敷へとやって来た。

町屋敷といっても、稲葉家が豊年屋から借りている。猪瀬は御納戸方の責任者として、この屋敷に滞在し、出入り商人との折衝を行っているそうだ。

「思ったよりもこぢんまりとしていますね」

三次が言ったように屋敷は敷地、三百坪ほど、黒板塀が巡る一軒家だ。裏木戸には閂《かんぬき》が掛かっているようで押しても引いても動かない。

「三公、戸を開けろ」

勘十郎は板塀越しに枝を伸ばす黒松を見上げた。

「合点《がってん》で」

目を輝かせ、三次は身軽な動作で枝に飛びつく。次いで、枝を伝い難なく屋敷の中に入った。

三次が裏木戸の閂を外《はず》し、扉を開くと勘十郎を招き入れた。勘十郎と三次は植込みの陰に身を潜めた。

　裏庭には土蔵が三つ並んでいる。

「早く積み込め」

　猪瀬の声が聞こえた。

　人足風の男たちが土蔵のひとつの前に集まった。荷車が三つ用意された。やがて、猪瀬と黒覆面の男がやって来た。

「惣五郎、いや、忍びの藤次ですよ」

　三次が囁いた。

　勘十郎は黙って見守った。

「藤次、危ないところだったぞ」

　猪瀬が言った。

「うまくいったと思ったのですがね」

　ぼそぼそと藤次は返した。

「向坂勘十郎、中々に鋭い。危うく、本当のことを暴き立てられるところだったぞ。今の内に奪ったお宝とおまえが溜め込んだ金を運び出す。金はそうだな、一部を残すのだ。北町奉行所に寄付するぞ。油と一緒にな」

猪瀬が言うと、

「勿体《もったい》ないですな」

藤次は嫌そうに返した。

「千両箱ひとつで残るお宝が我らの物になるのだ。

「損して得取れだぞ」

猪瀬に諭され、

「わかりましたよ」

藤次は南京錠《なんきんじょう》の鍵を手に土蔵へ向かった。人足たちが土蔵の前で待った。

藤次は引き戸を開け、中に入る。

「さあ、あたしの指示に従って中の物を運び出すんだ」

横柄《おうへい》な物言いで人足たちに言った。人足たちは土蔵に入り、千両箱を運び出す。

「くすねようなんて了見《りょうけん》を起こしたら、承知しないからな」

どすの利いた声音《こわね》は商人のかけらも感じられない。鋭い眼光と相まって、人足たちは黙々と千両箱を運び出してゆく。

「千両箱、ひとつ、いいか、ひとつだけは残しておくのだぞ」

藤次は命じた。

結局、千両箱は八つ、荷車に積まれた。

猪瀬が、

「油は積まなくてよいのか」

と、声をかけると、

「いりませんよ」

「油の商いは止《や》めるのか」

「そうですよ。五年もやって、もう飽きましたよ。あとは、好き勝手、気儘《きまま》に暮らしますよ」

「それもそうだな」

猪瀬は言った。

「猪瀬さま、千両箱は八つ、丁度《ちょうど》四つずつに山分けってわけですね」

藤次が言うと、

「そういうことだ」

「なら、ひとまず、何処へ運びましょうか」

藤次は声を潜めた。

「品川《しながわ》の抱え屋敷がよかろう」

猪瀬が答えたところで、

「北町奉行所ではないのか」

植込の陰からみから勘十郎がぬっと姿を現した。

「悪事もそこまでだよ」

三次は勘十郎の後ろに立つ。

黒覆面から覗く惣五郎の目が大きくしばたたかれた。猪瀬も口を半開きにしていたが、

「企《たくら》みを見抜いたか。向坂勘十郎、腕っ節だけの男ではないようだな」

と、薄笑いを浮かべた。

「褒められてもうれしくはないな。猪瀬又二郎、忍びの藤次を追捕する立場の者が藤次の一味となるとは、まさしく木乃伊《みいら》取りが木乃伊とは貴様のことだ」

「頭は生きておる内に使わぬとな。そうじゃ、そなたも仲間に加えてやろう。千両箱ひとつ、くれてやるぞ」

猪瀬は下卑た笑みを浮かべた。

「断る」

勘十郎は十文字鑓の石突きで地べたを突いた。

「ふん、馬鹿め」

猪瀬は吐き捨てると闇に向かって出合えと甲走った声を発した。侍がばたばたと走って来た。ざっと、十人ほどだ。

「これは、かたじけない」

勘十郎は満面に笑みを広げた。

「強がりか」

猪瀬は冷笑を浮かべた。

「神君家康公より賜《たまわ》りし十文字鑓のために礼を申しておるのだ」

夜空に向かって穂先が誇らしげに屹立《きつりつ》している。穂と左右に付き出された鉤と交わったところに葵《あおい》の御紋が篝火に浮かび上がった。

「始末しろ」

甲走った声で猪瀬は命じた。

侍たちは抜刀した。

「三公、植込みの陰におれ」

言いつけるや勘十郎は十文字鑓を右手で振り回した。びゅんと夜風を鳴らし、躍動する鑓はまるで命が吹き込まれたようだ。

侍たちは気圧《けお》され、後ずさる。

勘十郎は鐺を持ち替えた。両手で柄《え》の中ほどを摑み、敵の足を払う。敵は強風に吹かれたようにもんどり打って倒れる。

倒れた敵を踏みつけ勘十郎は縦横無尽《じゅうおうむじん》に鐺を繰り出した。柄で顔面や胴を殴られ、数人が地べたをのたうつ。残った敵は三人。

彼らは恐れをなし、刀を捨てて逃げ去った。

「物足りぬぞ」

燃え盛った闘志は鎮《しず》まらない。

すると、火薬の臭いがする。

鉄砲を持った侍が三人、現れた。逃げた者たちだ。

筒先を向けられたが、

「飛び道具か。構わんぞ」

たじろぐどころか勘十郎は余裕綽々《しゃくしゃく》に声をかけると、荷車に走り寄った。意表をつかれた敵は一瞬、筒先を外《はず》したが改めて勘十郎に狙いを定める。

勘十郎は千両箱の底に鐺の穂先を入れ、

「食らえ！」

大音声《だいおんじょう》と共に持ち上げ敵に向かって投げつけた。千両箱は真ん中の男の顔面に落下した。筒先がそれ、銃声が響いた。

「そらよ」

勘十郎は二つ目、三つ目の千両箱を鐺を使って投げつける。二人は千両箱を避けた。地べたに落ちた千両箱の蓋が開き、小判が散乱した。山吹色の輝きが目に鮮やかだ。

勘十郎は狼狽する三人を鐺の柄で殴り倒した。

と、その時、

「おっと、逃がしませんぜ」

三次の声が聞こえた。

三次は植込みから飛び出すや惣五郎の前に立ちはだかった。惣五郎は三次を突き飛ばそうとしたが、三次はさっと横に避ける。

勢い余った惣五郎は前のめりになった。

三次は背後に回り、黒覆面の端を摑んだ。

惣五郎は後ろに引っ張られ動きを止めた。

残るは猪瀬である。

勘十郎は猪瀬に鐺の穂先を向けた。猪瀬はひざから頽《くずお》れた。

忍びの藤次の一件、稲葉家は納戸役猪瀬又二郎が藤次と仕組んだ企てであったとした。藤次と猪瀬が奪った八千両は南北町奉行所に寄贈され、施しのために使われるそうだ。

第二話　猫娘

一

向坂勘十郎がその奇妙な相談を受けたのは梅の花が江戸を彩る如月《きさらぎ》三日の昼下がりだった。

「お嬢ちゃん、遠慮することはないよ。食べな」

三次は茶と黄《き》な粉餅《こもち》を勧めた。

お嬢ちゃんと呼ばれた少女は梅《うめ》と名乗ったものの黙り込んでいる。おかっぱ頭、目がくりくりとし、頰が赤い。見たところ八つか九つだろう。相談に来たはいいが、大の男を前に緊張しているようだ。

それを見て取った三次が、

「へえ、お梅ちゃんかい。今まさに梅の花、満開だよ。お梅ちゃんは白梅か紅梅か、どっちが好きだい。おいらはね、う～ん、そうだな、やっぱり紅梅かな」

などと、お梅の緊張を解《ほぐ》そうと捲《まく》し立てた。それには答えず、お梅は黄な粉餅を食べお茶をこくりと飲んだ。口の周りについた黄な粉を舌で舐め取ると甘味で緊張が解れたようだ。

三次が、

「お梅ちゃんはいくつだい」

「八つ……」

ぼそっとお梅は答えた。

「八つか。しっかりしているなあ。一人でここに来たんだものなあ。それで、相談事というのは何《なん》だい」

笑みを浮かべ三次は問いかける。

「猫を探して欲しいの」

お梅は言った。

「猫……猫って、にゃあおう～って鳴く、猫のことかい」

きょとんとして三次は問い返した。

不安そうにお梅はうなずいたものの、

「萬相談事って、相談事なら何でも引き受けてくれるんでしょう、それとも駄目なの……猫は探してくれないの」

悲しそうな顔をしたため、

「いや、どんな相談事も引き受けるんだけどね」

三次はちらっと勘十郎を見た。

勘十郎は話を聞いてやれというように顎をしゃくった。

「じゃあ、猫を探してくれるのね」

お梅は上目遣《うわめ》いに三次を見上げた。

「猫……猫探しねえ」

三次が苦笑すると、

「三公、探してやれ。おまえ、得意ではないか、猫を探すの……」

勘十郎が声をかけた。からかうかのような口調と無責任な言葉は、三次の災難を喜んでいる。

「あっしがですか……あっしゃ、猫を探したことなんてありませんよ」

慌てて三次は勘十郎を振り返った。

その時、

「お願い、あたいの猫を見つけて」

依頼料だとお梅は十文《もん》を差し出した。

「ええっ、十文かい」

三次は面食《めんく》らったが、

「かたじけない。お梅、案ずるな。この三次さんはな、申したように猫探しの名人なのだぞ。おまえの飼い猫もきっと見つけてくれるからな」

勘十郎が引き受けてしまった。

「ありがとうございます」

お梅は笑みを浮かべた。おどおどとした表情が晴れ、少女の可愛さが前面に出た。

無垢《むく》な少女の笑顔を前にしては、三次も拒むことはできない。

「わかったよ、探すよ。お梅ちゃん、詳しい話を聞こうか」

三次が問いかけると、

「三公、一緒に行ってやれ。ここで話を聞くより、その方が早いぞ」

勘十郎の勧めにお梅は首を縦に振った。

三次は恨めしげに勘十郎を見たが意を決し、

「お梅ちゃん、案内しておくれ」

と、立ち上がった。

三次はお梅の案内で銀杏屋を出た。

そういえば、まだお梅の素性を訊いていない。道々、お梅の両親と住まいを確かめた。住まいは神田白壁町《しらかべちょう》の長屋で、父親は居職《いじょく》の飾り職人だそうだ。自宅で仕事をしているため、お梅がいると、邪魔になる。加えて夫婦喧嘩が絶えず、お梅は家にいるのが苦痛だという。

そのため、お梅は外で遊ぶことが多くなった。同じ長屋の子供たちと馴染《なじ》めず、近くの野原で一人、遊んでいる。遊んでいる内に野良猫を可愛がり始めた。野良猫はお梅になついた。いつしかお梅は野良猫を集め、野原に建つ小屋に住まわせるようになったのだそうだ。

「あそこ」

お梅は野原を指差した。

鎌倉河岸《かまくらがし》の裏手に広がる野原で、お梅の住まう神田白壁町からは一町《いっちょう》ほどだ。

樫《かし》の灌木が一本あるだけで一面の草むらだ。そんな殺風景な野原の隅に小屋があった。朽ち果てており、おそらくは物置であっただろうみすぼらしい掘っ立て小屋である。

お梅は駆け寄った。

三次もついてゆく。

お梅が引き戸に両手をかけた。ぎしぎしと軋《きし》みながら戸が開き、中が見えた。

かび臭い四畳ほどの板敷きである。廃材や葛籠《つづら》、竹籠《かご》が乱雑に置いてある。ここでお梅は猫を十四も飼っていたそうだ。

「十四か、そりゃ、世話が大変だったろう」

感心して三次は問いかけた。

お梅は首を横に振り、みんな可愛いから苦にならないと言った。自宅から適当に食べ物を持ってきて餌《えさ》にして与えていたという。

「どんな猫だったんだい」

「黒猫が三匹、三毛猫が七匹」

それぞれに名前をつけていたそうだが、名前を聞いたところで三次に見分けがつくわけがなく、お梅が並べる猫の名に相槌《あいづち》を打ちながらも聞き流した。

「で、猫がいなくなった時のことを話してくれるかい」

三次が問いかけると、

「昨日の朝、ここにきたら、みんないなくなっていたの」

声を詰まらせ、お梅は答えた。

お梅は毎朝、夕に餌をやる。昼間は猫たちに囲まれ、ここで過ごすのだとか。夕方、餌を与えてから引き戸を閉め、帰っていくのだとか。一昨日の夕方もお梅は間違いなく戸を閉めた。

「猫が戸を開けて出て行くわけねえものな」

三次は小屋の中を見回した。隙間《すきま》風が吹き込むものの、目立った穴はない。人間はもちろん、猫が出入りする隙間もなかった。

「あたい、夜の内に誰かが戸を開けてしまって、猫が出て行ったんじゃないかって思って野原を探したの」

昨日は一日、猫を探し回ったそうだ。しかし、一匹も見つからなかった。三次は聞いたことがある。犬は人になつき、猫は家になつく。

野良猫にとって、この小屋はなつくにふさわしい家であったのではないか。毎日、お梅が餌を与えてくれる。だから、戸の隙間から野原に出たとしても、この小屋に一匹くらいは戻ってくるだろう。

人気《ひとけ》のない草むらを見回していると、

「猫を探せといってもなあ」

三次は途方にくれてしまった。

お梅は空に向かって、

「タマ、ミイ、ウタ、ケン……」

猫の名前を叫び立てた。

お梅の必死な姿を見ていると、三次も同情せずにはいられない。

「タマ、ミイ」

覚えた名前だけを一緒になって呼びかけながら三次は野原を歩き始めた。草むらの隙間を注意深く見て回ったが、猫の姿はない。闇雲《やみくも》に探しても仕方がないが、お梅の悲愴な顔を目《ま》の当たりにすると、やめられない。

半時ほどが経過すると、黒猫を抱いた女が歩いて来た。

「ケン」

甲走《かんばし》った声を発し、お梅は女に近づいた。

女はぎょっとして立ち止まったものの、

「なんだい」

気の強い女のようでお梅を睨みつけた。お梅は女の剣幕《けんまく》にたじろぎ、べそをかいた。

三次がお梅に代わって、

「すんませんねえ。この子の飼い猫が行方知れずなんですよ。大変に可愛がっていますんでね、昨日も一日探し回っていたってわけで。そんな時におかみさんが猫を抱いて歩いていらしたんで、この子にしたらひょっとして飼い猫じゃねえかって、藁《わら》をも縋《すが》るって思いで猫の名を呼んだって次第なんです。そんなわけですんで、念のためっていいますかね、失礼ですけど、おかみさんの腕に抱かれた猫をちょいと拝見したいんですがね」

辞を低くして三次は頼み込んだ。

「わかったわよ。でもね、お嬢ちゃん、あいにくだけど、この猫はあたしの飼い猫なのさ」

はすっぱな物言いは堅気《かたぎ》の女房ではない。

「そいつはすみませんでした。ですが、ちょいとだけ見せて頂けませんかね」

三次は一層腰を低くして頼み、猫の顔を覗き込んだ。急に覗かれて驚いたのだろう。驚いた猫はぎゃあとけたたましい鳴き声を上げ、するりと女の腕から飛び出してしまった。

「あっ、待って」

女は顔を歪めた。

「いけねえ」

三次も黒猫を目で追った。

あっと言う間に黒猫は草むらを走り去る。

「ぼけっとしてないで、捕まえなさいよ！」

怒声を浴びせ、女は三次の背中を叩いた。

三次は慌てて黒猫を追いかける。ところが、急ぐ余り、足をしたばえに絡《から》ませ転んでしまった。その間にも黒猫は草むらを縫い、逃げてしまった。

「ちょいと、あんた、どうしてくれるんだよ」

形相を歪ませ、女は三次を責め立てた。

「すんません」

三次は詫びたが許されるものではない。上目遣いになって、

「探しますんで、勘弁してくだせえ」

三次は言った。

「探す……ふん、見つかりゃしないよ」

女は冷たく言い放った。

「探して、お宅へ届けますんで」

三次は女の名前と住まいを訊いた。女は昌《まさ》と名乗り、神田明神下《かんだみようじんした》にある三軒長屋の真ん中が住まいだそうだ。何をやっているのかは曖昧《あいまい》に言葉を濁した。

「お昌さんですね、わかりました」

三次はお梅に加えてお昌の黒猫探索も引き受けてしまった。

去り際、お昌は言った。

「見つからなかったらさ、適当にさ、猫を捕まえて持って来ておくれな」

「それでいいんで」

三次が念押しすると、

「ああ、いいさ。黒猫、三毛猫、問わないからね」

お昌は言い残して立ち去った。

するとお梅が、

「さっきの猫、違う」

と、言った。

「お梅ちゃんの飼っていた猫じゃないんだね」

「そう、違うよ」

お梅は断じた。

「わかったよ。ともかく、猫を探そうか」


三次はお梅と共に日が暮れるまで野原と近辺を探し回ったが、一匹も見つからなかった。

二

夕暮れ、徒労に終わった猫探しにどっと疲れ、三次は銀杏屋に戻った。

離れ座敷で勘十郎は悠然と酒を飲んでいる。

「猫、見つかったのか」

ほろ酔いの勘十郎に問われ、

「見つかりゃしませんぜ」

ぶっきらぼうに返すと三次は疲れたと愚痴《ぐち》をこぼした。

「そうだろうな」

勘十郎は笑った。

「冗談じゃありませんよ。今日っていう今日は、あっしゃ、つくづく、自分がお人好しだって思えてしまいましたよ」

肩を落とし、三次は嘆いた。

「どうした、どうした、しょぼくれおって」

勘十郎は酒を勧めた。

三次は酒を飲むと多少気が晴れたのか、今日一日の猫探しについて話した。

「なんだ、お梅の猫に加えてお昌という女の分まで猫探しをする羽目になったのか。ほんと、三公はお人好しだな」

からかうように勘十郎は言った。

「だから、あっしも言ったでしょう。自分はお人好しだって」

三次は頭を掻いた。

「まあ、それはともかく、そのお昌という女、猫を抱いて散歩でもしておったのか」

勘十郎は首を傾《かし》げた。

「さて、そこまでは聞かなかったですね」

三次が返すと、

「妙だな」

勘十郎は杯を畳に置いた。

「何がですよ」

「猫を連れて出歩くものか。犬を連れて出歩くことはあるがな。いくら可愛がっておっても猫を散歩に連れてゆくのはおかしいぞ。おまけに、お昌は猫が見つからなかったら代わりの猫でいいと言ったのだろう」

「そうなんですよ」

「猫を抱き、お昌は何処へ行こうとしたのだろうな」

勘十郎はにやっとした。

途端に三次は手を打った。

「猫を売りに行く途中だったんですね。たとえば、三味線《しゃみせん》屋のところへ持って行ったんじゃありませんかね」

三次の答えに勘十郎は首肯し、

「となると、お梅の猫も三味線屋が連れ去っていったのかもしれませんよ」

三次は言った。

「そうかもな」

勘十郎は浮かない顔をした。

「だとしたら、お梅ちゃん、気の毒なこってすぜ」

三次はお梅への同情を深めた。

「まだ、そうと決まったわけではないが、三公、お昌に確かめてみろ」

勘十郎に言われるまでもなく、三次はわかりましたと答えた。

「それにしましても、今後、猫探しに備えないといけませんね。猫だけじゃなくって犬とかも相談事に加えておきますよ」

三次は座敷の隅に置かれた文机《ふづくえ》に向かうと手間賃帳を開いた。

「猫探しは一匹当たり……」

いくらにしようかと三次は算段し始めた。

「十文というのは、お梅ちゃんへの同情ですからね、猫だって、探すとなりゃ手間ですよ。人より難しいですぜ。百文貰っても割りが合いませんや。まだ、犬の方が探しやすいですかね」

三次は唸った。

散々思案の末、

「やめましょうか。犬、猫の探索は」

と、決めた。

「やめておけ。萬相談事も広げすぎるのはよくないな。ま、精々《せいぜい》、人探しだ」

勘十郎も賛同した。

「そうしますよ」

懲《こ》りたと三次は苦笑を漏らした。

あくる日、三次は神田明神下にあるお昌の家を尋ねた。

昼近くというのにお昌はけだるそうな顔で玄関まで出て来た。

「猫、持って来てくれたかい」

あくびをかみ殺しながらお昌は問いかけてきたが、三次が手ぶらなのに気づき、

「いないじゃないか」

と、不満を漏らした。

「ちょいと、お聞きしたいんですがね。お昌さん、昨日の猫、どちらに持って行かれるつもりだったのですか」

三次の問いかけを、

「どこだっていいじゃない」

お昌はそっぽを向いた。

「三味線屋じゃねえんですか」

ずばり、三次は問いかけた。

「ええっ」

お昌の目が鋭く凝《こ》らされる。

「三味線屋に売ろうとしたんでしょう」

三次は迫った。

お昌は黙り込んでいたが開き直ったかのように、

「だったらどうしたってんだよ。野良猫の一匹や二匹、どうだっていいじゃないのさ。うちの縁の下にさ、勝手に入って来てぎゃあぎゃ、うるさいったらない。三味線の皮にでもなった方が人さまの役に立つってもんだ」

「お気持ちはわかりますよ。それで、何処《どこ》の三味線屋ですか。教えてくださいよ」

三次は頭を下げた。

「知ってどうするのさ」

お昌は首を傾げた。

「昨日、お昌さんに語りかけてきた娘がいたでしょう。飼い猫を探しているって」

「ああ、覚えているよ。妙ちきりんな餓鬼《がき》だろう」

「昨日も話しましたがね、そりゃもう大変に可愛がっていた猫なんですよ。それで、どうしても探してやりたいんです」

「へえ、あんた、物好きだね」

お昌は冷笑を浮かべた。

「昨日の野原の隅に小屋があるじゃござんせんか」

「そうだったかね。気づかなかったけど。その小屋がどうしたんだい」

「その小屋で十四の猫を飼っていたんですって」

「へえ、やっぱり妙ちきりんな餓鬼だね。野良猫を飼っていたなんてさ」

「十四ともいなくなったんでね、あっしゃ、三味線屋が盗んでいったんじゃねえかって、踏んでいるんでさあ。ねえ、お昌さん、あんたから聞いたって言わねえですから、三味線屋を教えてくださいよ」

三次は拝むように頼み込んだ。

「そこまで頼むんだったら、教えてあげるさ。鎌倉河岸近くにある、杵太郎《きねたろう》って男が営んでいる三味線屋だよ。屋号は……確か、琉球屋《りゅうきゅうや》だったね」

「恩に着ますよ」

三次は五十文を渡した。

「おや、すまないね」

お昌は遠慮なくと受け取った。

「四十文の赤字だよ……猫を探す手間を考えりゃ、大赤字だ」

愚痴を並べながら三次は鎌倉河岸にある琉球屋へと向かった。

三

鎌倉河岸の裏手に琉球屋はあった。

小上《こあ》がりには三味線ばかりか、琉球の楽器三線《さんしん》や琵琶《びわ》もあった。三味線は琉球から渡来した三線が元になっている。江戸でも流行《はや》り始めていた。

三次は三味線を手に取り、しげしげと眺める。帳場机に座っていた中年のでっぷりとした男が立ち上がった。

「三味線をお探しですか」

男は主人の杵太郎だと名乗り、撥《ばち》で三味線を弾いてみせた。朗々とした音色を聞かせてから、

「いい品《しな》ですよ」

と、勧めた。

「なるほど、見事な音色だね。三味線の皮は猫の皮だろう」

三次は言った。

「そうですよ。犬を使うこともあるんですがね、猫の方がいいんですよ。あたしは専《もっぱ》ら猫を使いますね」

自慢げに杵太郎は言った。

「じゃあ、猫は高く買ってくれるかい」

三次は三味線を置いた。

杵太郎の目が凝らされ、

「おまえさん、猫を売りに来たのかね。それにしちゃあ、猫は何処にいるんだ」

「いや、あっしゃ、猫を売りに来たんじゃないんですよ。猫を探しに来たんです」

「猫を探しに……わからないねえ。どういうこったい」

杵太郎は深く首を捻った。

「実は、お梅ちゃんていう娘がいましてね。鎌倉河岸の裏の野原の隅にある小屋で大事に飼っていたんですよ。その猫が一昨日の晩、いなくなってしまいましてね。それで……」

「あたしが盗んでいったっていうのかい」

むっとして杵太郎は問い返してきた。

「いや、旦那を疑ってるわけじゃございませんがね、誰かが十匹の猫をこちらに売りに来たんじゃないかって。あっしゃ、お梅ちゃんに猫を探すって約束をしたんでね、心当たりを尋ねて歩いているんですよ。ですからね、旦那、お気を悪くなさらねえで、お梅ちゃんが飼っていた猫を売りに来た者はいねえか、教えてください」

言葉を選びつつ三次は問いかけた。

「いや、うちには売りに来ていないよ」

杵太郎は否定した。

三次は口を閉ざした。すると、杵太郎は、

「なんだ、信じられないかい」

ぎろりとした目を向けてきた。

「信用していないってわけじゃないんですがね」

どう取り繕ったらいいのかと三次が言葉を探すと、

「いいだろう。あたしだって、痛くもない腹を探られるのは嫌だ。猫小屋を見てもら

「うちの猫、かっさらわれたんですよ」

すると、杵太郎が、

日だ。いくらなんでも早過ぎる。

たのだろうか。そんなことはあるまい。お梅の飼い猫が持ち込まれたとしたら、一昨

猫小屋の中には一匹の猫もいなかった。まさか、十四全て三味線の皮にしてしまっ

三次は驚きの声を上げてしまった。

「あれ……」

が貼ってある。

犬小屋を大きくしたような掘っ立て小屋で、三方を板壁が巡っているが、正面は金網《かなあみ》

それでも、とにかく杵太郎の案内で裏庭に設《もう》けられた猫小屋を覗いた。二間《にけん》四方、

連れて来るべきだった。

後悔した。三次が猫を見たところでお梅の飼い猫なのかどう確かめられない。お梅を

三次は杵太郎の案内で店の裏手に向かった。猫小屋を見せてもらうのだが、ふと、

と、杵太郎は立ち上がった。

おうじゃないか」

と、嘆いた。

「いつですか」

「昨日の夜中だね」

杵太郎は寝る前には猫が五匹いたと言った。

「一体、誰が」

「それがわからないから、始末に困っているんだ」

「まさか、同業者ですか」

「この界隈《かいわい》じゃ、三味線屋はうちだけだね。念のため、調べてもらおうって、御奉行所に届けたんだけどね」

杵太郎は途方《とほう》に暮れたように両手を広げた。

そこへ、北町奉行所の同心がやって来た。

三次や勘十郎とも懇意にしている蔵間錦之助である。

「おお、三次ではないか」

錦之助は三次を見た。

錦之助とは萬相談所を開くきっかけとなった銀杏屋の米盗難騒動で三次も勘十郎も知り合った。錦之助は勘十郎に一目《いちもく》置き、難しい事件が起きると相談をしにやって来

る

「こりゃ、蔵間の旦那、旦那が猫盗みの一件を扱っていなさるんですか」

三次が言うと、

「まあな」

錦之助は渋い顔をしてから杵太郎を見た。杵太郎は無言で問いかけた。

「あいにくと、猫を盗んだ者、わからぬ。あちらこちらの三味線屋を探したのだがな、いずれも、違うようだ。おお、そうじゃ、一軒な、おまえのところと同じように、猫を盗まれた三味線屋があったぞ」

「へえ、こいつは驚いた」

三次が口を挟んだため、

「なんだ、三次、おまえ、三味線を習おうというのか。おまえ、男ぶりがよいから、三味線を弾けば粋《いき》な年増《としま》の気を引けるかもしれぬがな」

錦之助は笑った。

「いや、そうじゃないんですよ。あっしゃね、萬相談の仕事で猫探しをしているんです」

と、お梅の飼い猫を探すことを引き受けてから、琉球屋にやって来た経緯をかいつまんで話した。

「ほう、勘さまの萬相談所は猫探しもするのか」

錦之助は感心したが、

「儲けにならねえ相談事なもんでね、勘さまには頼めませんよ。で、あっしが乗り出したのはいいですが、なんだか、不穏《ふおん》な臭いがしますね」

三次は顔をしかめた。

こうも、立て続けに猫がさらわれるのにはよからぬ事件が起きているのではという疑念が生じる。

それは錦之助も感じたようで、

「よほどの猫好きがいるのか」

と、渋面《じゅうめん》を作った。

「猫を欲しがるなんて、やはり、いずれかの三味線屋ですかね」

杵太郎は錦之助に言った。

対して三次は、

「あっしは、何だかもっと不穏なものを感じますね」

錦之助はうなずき、

「何かきなくさいものを感ずるな」

するると、杵太郎も同調し、

「こりゃ、江戸中の猫がさらわれてしまうかもしれませんよ」

と、大きく目を見開いた。

「三味線屋以外で猫を欲しがる者となると……」

錦之助は首を捻った。

「よっぽどの猫好きなんですかね。いや、待てよ、猫好きの反対、猫が大嫌いなのかもしれませんや。江戸から猫がいなくなればいいって……」

三次は言った。

「そうも、考えられるな」

錦之助も納得したようにうなずく。

「そうでしょう」

我が意を得たりとばかりに三次が言ったが、

「しかし、好きにしても嫌いにしても、そこまで猫に拘《こだわ》るというのはどういうことなのだろうな。仮に猫嫌いとしたら、さらった猫を自分の家には連れて行かぬ。何処かで殺すだろう。すると、沢山の猫の亡骸が見つかりそうなものだが、今のところ、そうしたことは聞かないな。それに、沢山の猫をさらうとなると、一人や二人の仕業ではない。猫さらいの集団が結成されたということか……妙な一件だな」

　錦之助の疑問を受け、

「やっぱり、三味線屋じゃないですかね。猫を捕まえて金になるっていうのは三味線屋ですからね」

　杵太郎は言った。

　錦之助は判断に困り返事ができないでいたがふと、

「勘さまなら、どう、お考えになるのであろうな」

「勘さまは、犬猫になんぞ、興味を示されませんよ。だから、あっしがこうして」

　三次は否定的だが、

「だが、単なる猫探しが、これだけの大事になったのだぞ。大事となれば、勘さまは見過ごしにはなさらないだろう。なあ、頼んでくれ。猫騒動解決に一肌《ひとはだ》脱いでくださいと」

　錦之助の願いに、

「そりゃ、いいんですがね、手間賃を頂戴しないことには」

「それはおまえの拘りだろう」

「まあ、そうですがね」

三次は算段した。

確かに、単なる猫行方不明ではないことは明らかだ。

「なあ、頼む」

錦之助は再度頼んだ。

「わかりました。頼んでみますよ」

引き受けざるを得なくなってしまった。

四

その足で銀杏屋の離れ座敷に戻り、

「という訳でしてね」

三次はお梅の猫行方不明が、思わぬ騒動に発展したことを言い立てた。

「ずいぶんと猫好きがいるものだな」

勘十郎は関心を示してくれない。

「でもですよ、勘さま、こりゃ、何かありますぜ」

好奇心をかきたてるように言い立てたが、

「そうかな……」

生返事《なま》しか返してくれなかった。

「このところ、暇ですしね、この一件、探索してみましょうよ」

「どうした、馬鹿に入れ込んでおるではないか。手間賃が取れない相談事なのだろう。三公にしては珍しいな」

勘十郎はからかいの言葉をかけてきた。

「そりゃねえ、儲けにはなりませんよ。金儲けどころか、大赤字ですよ。でもね、やっぱりねえ、あっしだって、損得だけで動くんじゃないですよ。多少は世のため人のためってのは大袈裟ですけど、銭金抜きで関わりたい一件もありますぜ。情《じょう》にほだされたり、興味を煽られたりってね。人ってそういうもんじゃござんせんか」

言い立てる三次に、

「わかったわかった。三公から人の道を説《と》かれるとは思わなかったぞ。それで、今回の猫騒動、お梅に同情する気持ちはわかるが、興味をひくような大事なのか」

勘十郎は諌めるような口調となった。

「だって、そりゃ、大事じゃありませんか。立て続けに沢山の猫がさらわれているんですよ。きっと、その裏には悪企みが行われているに決まっています」

三次はむきになって言い立てる。

「猫をさらって、どんな悪事を働くのだ」

「それがわからねえから、探索するんじゃござんせんか。それにね、あっしゃね、お梅ちゃんに同情しますよ。あの子にとっちゃあ、猫はですよ、かけがえのねえ、友だったんですよ。そんな友をですよ、どこのどいつか知らねえが、奪ってしまった。あっしゃね、それだけでも、今回の一件、銭を度外視して引き受けなきゃならねえと思っているんですよ」

三次にしては珍しく熱の籠《こも》った調子で言い立てた。

「おいおい」

勘十郎は諌めるかのようだ。

いつもの立場とはまるで反対だ。

そのことに気づいた三次はいささか恥じ入るように、

「何遍《なんべん》も言いますがね、こんな小さな事件がですよ、やがてはとてつもない、大事件に発展するんです」

「おれにはそうは思えぬがな」

勘十郎は大きく伸びをした。

「そりゃ……北町の蔵間の旦那も気遣っていらっしゃいますんでね」

「北町の同心が危ぶむのなら、北町に任せればいいだろう」

「違いねえですがね」

と、三次は返してから、

「勘さま、ひょっとして猫が苦手なんじゃありませんか」

と、目元を緩めた。

「馬鹿を言え」

勘十郎はむきになった。

「やっぱりだ。勘さま、猫が怖いんでしょう」

三次は嵩《かさ》にかかった。

「うるさい」

勘十郎は怒鳴った。

「それ、益々、怪しいですぜ」

尚も三次がからかう。

「黙れ」

勘十郎は腰を上げた。

「ひゃあ、引き受けてくださいよ」

「だから、乗り気がしない」

「猫が怖いからでしょう」

「違う」

勘十郎が長押《なげし》の鑓を取ろうとしたところへ、

「御免くださいまし」

中年女が入ってきた。

「へい、何の御用で」

これ幸いと三次が訊くと、

「お梅の母親です」

と、女は答えた。

母親は久《ひさ》と名乗った。

「ああ……お梅ちゃんのおっかさんですか、まあ、どうぞ、お上がりになって」

三次が誘いかけたが、

「あの……お梅がいなくなってしまったのです」

意外なことをお久は言った。

「お梅ちゃんが、いなくなったって」

三次はきょとんとした。

これには勘十郎も目をむいた。

昨日、遅くなってもお梅が戻らず、お久は近所や例の野原を探し回った。声を張り上げ、呼びかけたり、道行く人に尋ねたがお梅は見つからなかった。昨夜は眠ることもできず、朝を迎えた。

お梅が萬相談所を頼ったことを思い出し、こうしてやって来たそうだ。

「奉行所には届けたのかい」

三次が心配すると、

「届けました」

それだけでは不安でこうしてやって来たのだとか。

「勘さま、お梅ちゃんの行方知れず、猫騒動と関わりがありますよ」

三次の言葉に勘十郎はうなずく。

三次はお久に、

「お梅ちゃんが野原で猫を飼っていること、知ってますよね」

「ええ、野良猫の世話をしているようで、あたしはやめさせようとしたんですがね、聞きはしませんで」

恥じ入るようにお久は面を伏せた。

「あっしも、一緒に猫を探したんだけどね」

三次が言うと、

「ご迷惑をおかけしましたようで」

お久は申し訳なさそうに頭を下げた。

「迷惑なんかじゃありませんぜ。こちとら、ちゃんとお梅ちゃんから手間賃を頂いていますんでね。それより、猫探しのことでお梅ちゃん、何か言っていませんでしたか」

「昨日は一人で出かけたのですが、あの野原の周りを歩いていたようなんです。そこまではわかったんですが……」

近所の女房連中が野原の周りをうろうろしているお梅を見かけたそうだ。

お久はがっくりとうなだれた。

「あたしたちがいけないんです」

「あたしたちっていいますと……」

「あたしと亭主です。亭主の仕事の邪魔になるからって、家にいさせないようにしていましたからね。おまけに、あたしと亭主はしょっちゅう喧嘩をしていましたから。お梅が居場所がないって思ったのも無理はありませんね。いつか、お梅は猫が友になってしまって……あたしや亭主よりも、猫の方が身内に思えるようになったんじゃありませんかね」

反省の言葉を並べるうちにお久は涙ぐんだ。三次は慰めの言葉を探したが、うまい言葉が見つからず、

「まあ、おっかさん、任してくださいよ」

三次が請け負うと、

「あの、いかほどお払いしたら」

お久は恐る恐る尋ねた。

三次は躊躇《ためら》っている。

すると、勘十郎が、

「いらんぞ。この三次さんが、必ずお梅を見つけ出すからな」

と、大きな声で言った。

「ええっ」

三次が振り返ると、勘十郎は大きくうなずいた。

「お願いします」

お久は両手をついた。

「任せてくださいよ。きっと、お梅ちゃんと猫は見つけ出しますからね」

三次は請け負った。

五

お久が帰ってから、

「三公、安請け合いをしていいのか」

勘十郎はからかいの言葉をかけた。

「勘さま、そりゃねえや。勘さまが引き受けたんじゃござんせんか」

訴えるように三次は言った。

「おまえなあ、元はといえばおまえがお梅に同情したからであろう」

勘十郎に反省という言葉はない。

「わかりましたよ。あっしゃね、勘さまが、そんなに冷たいお人だとは思いませんでしたよ」

すねた三次に、

「お人好しだな、おまえは」

勘十郎は言った。

そこへ、

「失礼します」

北町奉行所の蔵間錦之助がやって来た。

錦之助は勘十郎に一礼してから、離れ座敷の階《きざはし》を上がり、濡れ縁に座った。

「勘さま、折り入ってお願いがあるのです」

かしこまって錦之助は言った。

三次が相談事手間賃帳を文机から取り出し、錦之助の相談事を待ち構えた。抜かりのない商人のようだ。

そんな三次を横目に錦之助は言った。

「怪しい武家屋敷があるのです」

と、直参旗本、七千石山村修理大夫《ごくやまむらしゅりだいぶ》の屋敷を言った。七千石とは大身《たいしん》だ。それゆえに、別邸を霊願島《れいがんじま》に構えているのだとか。怪しいとはその別邸らしい。

「その別邸とは」

勘十郎の興味を引いたようだ。

それを確かめてから、

「その別邸からけたたましい猫の声が聞こえたのだそうです」

錦之助が言うと、

「猫、こりゃ、例の猫騒動じゃござんせんか」

三次は大きな声を上げた。錦之助も猫騒動に関わっていることから、

「そうなのだ。江戸から猫が連れ去られたという事件の元凶、山村さまの別邸かもしれないのだ」

と言った。

「こりゃ、大事《おおごと》のはずだ。七千石の旗本さまが猫を連れ去ったってのは」

三次は興奮した。

「それで、おれにどうしろというのだ」

勘十郎の問いかけに、

「相手が山村さまじゃ、わしら町奉行所は手が出せません」

ここまで錦之助が言ったところで、

「わかった。勘さまのお父上さまは大目付《おおめつけ》さまだ。お父上さまに山村さまを調べること、頼んでくださいってこってしょう」

先回りして三次は決め込むと、手間賃帳を開き、

「ええっと、紹介料は……」

と、探し始めたが、

「違う、違う。三次、はやるな。勘さまはお父上への頼み事などお引き受けにはならんさ」

と、錦之助は勘十郎を見た。

勘十郎はむっとして押し黙っている。聞くまでもなく錦之助の言う通りだ。

「じゃあ、相談事っていいますのは何ですか」

改めて三次が問うと、

「町奉行所が山村さまに問い合わせができないのは、高々猫《たかだか》の鳴き声くらいで大身の旗本さまをわずらわせるわけにはいかないという事情もあるのです」

「それで、おれに探って欲しいというのか」

「そういうことです。三次も申しましたが、猫騒動、何か大きな企てが進行しているような気がするのです。いや、証《あかし》はございません。いわば、わしの勘なんですがね」

言い訳じみた物言いを錦之助はした。

次いで、三次を見て、

「旗本屋敷探索はいくらだ」

と、問いかけた。

「ええっとですね。以前は大名屋敷探索ってことがありましたから、それよりはお安く」

ここまで三次が答えたところで、

「これで、お願いします」

金一両を錦之助は差し出した。

同心仲間でかき集めたのだという。三次が首を傾げると、

「よかろう」

勘十郎は引き受けた。

「ありがとうございます」

錦之助は頭を下げた。

勘十郎が引き受けたのを安堵して錦之助はほっとした表情となった。

そこへ、

「引き受けるに当たり、こちらからも頼みがある」

勘十郎が言った。

「ええ、わしでお役に立てることでしたら」

錦之助は言った。

「娘を探してくれ」

勘十郎は三次を見た。三次からお梅が行方知れずとなった経緯《いきさつ》を語り、

「御奉行所にも届けたそうなんですがね、ひとつ、蔵間の旦那も一肌脱いでくださいよ」

と、頼み込んだ。

「承知した。とかく、人さらいなどが起きておるからな、町奉行所も手が回らないかもしれぬ、わかった、探そう」

快く錦之助は引き受けた。

「それで、勘さま、山村さまってお方《かた》は武芸ひとかたならぬってお方なんですがね、別邸には側女《そばめ》を置いていらっしゃるんですよ」

要するに正室《せいしつ》が怖いのだとか。武芸は相当らしいが正室には頭が上がらない。

「というのもですよ、養子なんです」

当主修理大夫秋元《あきもと》は親戚筋に当たる家から養子に入ったのだが、その家は千石、山村家に比べると小さな家だということで、秋元の立場は苦しいのだとか。

「婿養子の辛さか」

勘十郎は苦笑した。

「それで、何日か馬の遠乗りを兼ねて別邸に立ち寄るそうです。毎月、五のつく日だそうです。別邸では山村さまを慕う門人方が集まって武芸の鍛錬を行うそうです」

「じゃあ、今日ですよ」

三次は言った。

「よし、任せろ」

勘十郎は立ち上がると長押の鑓を手に取った。神君徳川家康《とくがわいえやす》が祖父に下賜《かし》した栄えある十文字鑓である。穂と左右に突き出た鉤が交わった辺りに葵の御紋が刻まれていた。

空色の小袖に草色の裁着け袴を穿き、鑓を肩に担いで勘十郎は大手を振って出ていった。

陽光を弾き、銀色に煌《きらめ》く穂先と凜々《りり》しく立った茶筅髷が相まって戦国武者のようだ。世が世なら戦場を疾駆し、一番鑓の功名を挙げそうだ。

五

勘十郎は霊願島にある山村修理大夫秋元の別邸を訪れた。

別邸とあって、いかめしく警護はなされていない。門番もどこか気が抜けたような顔で立っている。

「頼もう」

勘十郎は声をかけた。

「は、はい」

門番はぼんやりとした顔を向けてきた。

「拙者、回国修行《かいこくしゅぎょう》の者である。聞くところによると、こちらの主人、山村修理殿は大した武芸好き、武芸者に門戸を開いておられるとか。ついては、武芸のご教授を頂きたくまかり越した。お取り次ぎ願いたい」

勘十郎は鐺の石突でどんと地べたを突いた。

「はあ……」

門番の了解を待たず、

声を張り上げ、勘十郎は屋敷の中に入った。

「通るぞ！」

すると、

「あの、どちらさまで」

名前を確かめていないと気づいた門番が追いかけてきた。勘十郎自身も名乗るのを忘れたと悔いたが、

「武芸修行の徒《と》だ」

ぴしゃりと言い放ち、屋敷の中を進んだ。檜《ひのき》造りの御殿が構えられ、葺《ふ》かれたばかりの屋根瓦が陽光に映えている。玄関の両側に植えられた黒松が質実剛健、武芸好きの主人を物語っているようだ。

裏手から大きな声が聞こえてきた。

「気合いが足りんぞ」

甲走った声の方へと足を向ける。

御殿の脇を通り抜けた。

大勢の武士が紺の胴着を着て木刀の素振りをやっている。汗を飛び散らせ、武士たちは真剣な眼差しで剣術の稽古に取り組んでいた。錦之助が言っていた山村を慕う門

人たちだろう。

それを指導しているがっしりとした身体つきの男が勘十郎を見た。おまえは何者だと目で問いかけてきた。

が、すぐに視線は勘十郎の顔から十文字鑓に向けられると、男の目元が緩《ゆる》む。手入れの行き届いた鑓に武芸好きの興味を掻き立てられたようである。

「回国修行中の向坂勘十郎でござる。山村修理殿に是非とも一手御指南を賜りたいとまかり越した次第」

勘十郎は正々堂々と言ってのけた。

「ほう、そうか」

山村は頰を綻ばせた。

門人たちに素振りをさせ、自分は勘十郎に近づいて来た。

「見たところ、鑓が得意なようだな」

山村は十文字鑓を見つめた。

「よろしければ」

勘十郎は鑓を山村に手渡した。山村は受け取り、二度、三度、しごく。次いで、腰を落とし、

「ええい！」

気合いを入れて突き出した。

「これは見事な鑓。失礼ながら何処で手に入れた」

鑓を見ながら、山村は問いかけてきた。

「祖父から譲り受けた鑓でござる」

「ほう、それは由緒ありげな鑓だな」

うなずきながら山村はしげしげと鑓を見つめる。

と、

「おお、これは……」

山村は穂先に注目した。柄を手繰《たぐ》り穂先を間近にする。眩しげに目を細め、穂と左右に付いた鉤の交わった箇所に刻まれた葵の御紋を確かめて言った。

「将軍家所縁《ゆかり》の鑓でござるか」

山村の言葉遣いが丁寧になった。

「いかにも」

「向坂殿と申されたが、ひょっとして大目付向坂播磨守殿のご子息でござるか」

山村は鑓を勘十郎に返した。

「元子息、つまり、勘当の身でござる」

自嘲気味な笑みを浮かべ勘十郎は返した。

「勘当の訳は問いませぬが、目下武芸修行の旅に出ておられるのですかな」

「関東一円を回国修行し、一旦、江戸に戻ったところです。近日中に東海道を西に旅する予定にあります。江戸に戻ったところ、山村修理殿の武芸熱心を耳にしました。また、別邸にては山村殿の指導の下、熱心なる稽古が成されているよし、これは是非ともご教授を頂いた上で修行の旅に出ようと勝手ながら門を叩きました」

三次に影響されてか、立板に水の調子で嘘を並べ立てた。

幸い、武芸熱心の山村は勘十郎の言葉を信じ、

「それは光栄でござる。喜んで、お相手致す」

「かたじけない」

勘十郎はほっと安堵して一礼した。山村も満足そうにうなずき、

「おお、そうだ……耳にしたことがござるぞ。大坂《おおさか》の陣の折、真田《さなだ》幸村《ゆきむら》の奇襲を受けて混乱を極めた神君家康公の本陣にあって獅子奮迅の鑓働きをした勇者がいた。その勇者は向坂清吾郎《せいごろう》元義《もとよし》殿」

「わが祖父でござる」

「ならば、その鑓は……」

「畏れ多くも神君家康公より下賜されし鑓でござる」

心持ち勘十郎は誇らしげに言った。

山村は感じ入ったように鑓を見上げ、

「ほう、そうでござったか」

ため息混じりに言うと門人たちに向き、

「稽古、やめよ。こちらに参れ」

と、門人を集めた。

きびきびとした所作《しょさ》で十人ばかりの門人が山村の後ろに並んだ。

「向坂勘十郎殿じゃ。手にされておられる鑓は神君家康公下賜の由緒ある十文字鑓だぞ」

と、大坂夏の陣における勘十郎の祖父清吾郎の奮闘を興奮の面持ちで語った。門人たちも目を輝かせて聞き入った。

「こちらの向坂勘十郎殿は、ゆえあってお父上の下《もと》を去り、武芸修行の旅に出られておいでじゃ。本日は江戸に戻り、わが屋敷を訪ねてくださった。我らを武芸修行相手に選んでくださったのじゃ」

　勘十郎の出任せを真《ま》に受け、山村は門人たちに告げた。門人たちは表情を引き締めた。

「ならば、向坂殿……鎧での手合わせですな」

　山村は門人を見回した。鎧の使い手を物色《ぶっしょく》しているようだ。

　それを勘十郎は制し、

「刀にても一手御指南をお願い致します」

　と、申し出た。

「承知した。ならば、金井《かない》」

　一人の門人を山村は指名する。

　金井は折り目正しい所作で一礼した。勘十郎は鎧を山村に預け、木刀を受け取ると刀の下げ緒で襷を掛けた。

　山村と門人たちが見守る中、勘十郎と金井は対峙《たいじ》した。

　金井はすらりとした身体つきだが、六尺近い長身の勘十郎は頭ひとつ高い。

　金井は大上段、勘十郎は下段に構える。金井が眦《まなじり》を決しているのに対して、勘十郎は余裕の笑みを浮かべている。その笑みが金井の焦りを誘ったのか、

「てえい！」

甲走った声と共に間合いを詰めてきた。

勘十郎は動ずることなく、金井を待ち構える。一気呵成《いっきかせい》に間合いを詰めた金井は大上段から木刀を振り下ろした。

勘十郎は僅かに腰を落とし、下段から木刀をすり上げた。

木刀がぶつかり合う音が聞こえた。

金井の木刀が霞《かす》み空《ぞら》に舞い上がった。

「それまで」

山村が勘十郎の勝ちを告げた。

金井は深々と頭を垂れ、負けを認めた。

「次、横田《よこた》」

山村に指名され、岩のような大男が前に出た。

「拙者、よろしければ鑓にて手合わせを願いたい」

という横田の言葉を受け、山村は勘十郎を見た。

「承知した」

勘十郎は首肯した。

山村は勘十郎と横田のために稽古鑓を用意させた。穂先の代わりに布を詰め、革で外側を覆ってある。

稽古鑓を受け取った勘十郎と横田は、五間の間合いを取って睨み合った。

横田は大柄な身体にふさわしく、右手で鑓を頭上で回し、勘十郎を威圧する。勘十郎は腰を落とし、柄の中ほどを持って待ち構える。横田の鑓は唸りを上げた。

次いで、真っ赤な形相で鑓を振り回しながら勘十郎に迫った。勘十郎は柄を短く持ち替えた。

横田は素早く鑓を両手で大上段に構え、勘十郎に向かって突き出す。

と、次の瞬間には一転して足払いに出た。

横田の鑓が勘十郎の脛《すね》を狙ってきた。

勘十郎は飛び上がった。

横田の鑓が空を切った。

横田の鑓を勘十郎は踏みつける。横田の目が大きく見開かれた。

勘十郎は鑓の柄で横田の頰を殴りつけた。横田は鑓を捨て、膝から頽れた。

「お見事」

山村は賞賛の言葉を勘十郎に送った。

門人たちも羨望《せんぼう》の眼差しを勘十郎に向けた。山村は勘十郎の前に歩いて来て、

「残る者との手合わせは無用ですな。向坂殿、わしが相手になる。鑓でも木刀でもよい。好きな方を選ばれよ」

「ならば……」

勘十郎は迷った。

得意の鑓で戦う方がいいだろうが、山村とは刀で決着をつけたいという武芸者の血が騒ぎもした。

すると、家臣が駆け寄って来て何事か山村に耳打ちした。山村はわかったと返事をし、

「まことに残念ながら急用でござる。すまぬが、手合わせはお預けとさせてくだされ。ああ、そうじゃ、後日……いや、明日、改めて手合わせ願えぬか」

ひどく慌てた様子で山村は頼んできた。

よほどの急用なのだろう。一体、何があったのかと気になるところだが、

「承知した。明日、出直すと致します」

勘十郎は受け入れた。

山村は申し訳なさそうな顔つきであったが、ふと目元を緩ませ、

「向坂殿、よろしかったら、当家にお泊りくだされ。ああ、そうじゃ。是非とも逗《とう》

留《りゅう》されよ。今宵は一献酌み交わし、武芸談義に花を咲かせようではござらぬか」

思いもかけず渡りに船である。

屋敷内を探索するにはもってこいだ。

山村の門人たちと手合わせをしている内に本来の目的である屋敷内探索を忘れるところだった。勘十郎は気を取り直し、探索に頭を向けた。

「では、お言葉に甘えて」

勘十郎が応じると、

「ならば、まずは湯殿にて汗を流されよ」

山村は破顔をした。

「かたじけない。その前に、庭を散策させてくだされ。梅を楽しみたいと存じます」

勘十郎の申し出を、

「向坂殿は花鳥風月も愛《め》でられるか。いや、まことの武芸者はそうしたもの。大した庭ではござらぬが、心ゆくまで散策されよ。但し、裏庭の一角に生垣《いけがき》を巡らした一帯がござるが、そこは山村家先祖の霊場でござるゆえ、足を踏み入れられることは遠慮くだされ」

と、注文付きで山村は受け入れた。

六

勘十郎は裏庭を歩いた。

刷毛《はけ》で薄く伸ばしたような雲が空を覆っている。春光《しゅんこう》が降り注ぎ、紅梅、白梅を優美に輝かせていた。鶯《うぐいす》の鳴き声が心地よい早春の昼下がりであった。

門人たちとの手合わせでたぎった武芸者の血潮がすうっと冷めてゆく。

一人で散策するつもりだったが山村は親切なのか、屋敷内を探索されるのを警戒してなのか、横田を案内役につけた。

勘十郎は横田に、

「つかぬことをお尋ね致すが、こちらの屋敷には沢山の猫が飼われているとか」

「そのようです」

まるで他人事《ひとごと》のような物言いを横田はした。すると、そのぶっきら棒さに気が差したようで、

「ここに住まい致す美代《みよ》殿が飼っておるのです」

美代とは山村の側室のようだ。

「美代殿とはそんなにも猫好きなのでござるか」

勘十郎の問いかけに、

「そのようです」

山村は困ったような顔をした。

「ずいぶんと飼っておられるようですな。何匹くらいですかな」

「さて、わかりませぬ」

「何処からか、数え切れないほどの猫を調達したのですかな。野良猫を集めてきたのですかな」

「おそらくは……」

横田は言葉少なくなった。

「今、江戸の巷《ちまた》では猫が次々と連れ去られておるのだそうです。こちらの屋敷に連れてこられるのではござらぬか」

答えづらくなったのか横田は返事をしない。

「猫を見物したいものですな」

勘十郎は言った。

「向坂殿、猫はお好きなのですか」

「そうですな。犬よりは猫の方がいいですな。ですから、是非とも」

勘十郎は迫った。

「いや、それがしは何処にいるかよく存じないのです」

曖昧に言葉で誤魔化す横田に勘十郎は厳しい目を向け、

「ならば、ご家来衆に確かめてくだされ」

厳しい口調で頼んだ。

横田は気圧《けお》され、

「承知致しました。では、ここでお待ちくだされ」

と、立ち去った。

横田の姿が見えなくなってから勘十郎は山村から立ち入りを禁じられた一角を目指した。先祖の霊場というが、そこに猫小屋があるのではないか。

なるほど、生垣を巡らした一帯があり、出入り口には鳥居《とりい》が設けてあった。鳥居の横に高札が掲げてあり、山村家以外の者の立ち入りを禁ずる旨《むね》、書き記してある。

しかし、監視の者はいない。

中には祠《ほこら》がある。先祖を祀っているのだろうか。祠の前には大きな銀杏の木が植えられ、裏手は竹林が広がっている。銀杏は御神木なのか、注連縄《しめなわ》が張られていた。

勘十郎は鑓を担いだまま鳥居を潜り、祠の前に立った。鑓を地べたに置き、祠に拍《かしわ》手《で》を打った。

次いで、耳をすませると野鳥の囀《さえず》り、竹がしなる音に混じって猫の鳴き声が聞こえる。

「やはりな」

勘十郎は鑓を手に、祠の裏手に回った。

猫小屋は竹林の中に造られていた。

板葺き屋根、十畳ほどの板敷きがあり、金網が張ってある。その中に数え切れないほどの猫が飼われていた。

「これは壮観だ」

勘十郎は苦笑した。

すると、竹林から奉公人風の男が出て来た。手に鎌を持っているところを見ると、草刈をしていたようだ。勘十郎を見て驚きの表情を浮かべたが、

「安心せよ。山村殿に招かれた者だ」

臆《おく》することなく勘十郎が言うと奉公人はさようでございますかと頭を下げた。

「これだけの猫を美代殿は愛《め》でているのか」

気さくな調子で問いかけると、

「そのようでごぜえます」

奉公人も猫小屋を見た。

「そんなにも猫好きとは……いささか驚きだな。で、美代殿は、とっかえひっかえ、ここから猫を選び出して可愛がっているのか」

勘十郎の問いかけに、

「よくはわからねえですな」

奉公人は返事に困っている。

「しかし、猫好きというもの、小屋で飼うものかな。屋敷の中、座敷に置いておくのではないか。時折、縁側で猫を膝に乗せて日向《ひなた》ぼっこをするというのならわかるが、このような小屋にとどめおくというのは、美代殿のお気持ちがわからぬな。猫好きの飼い方とは思えぬ」

勘十郎は大きく首を捻った。

奉公人は黙り込んだ。

「美代殿、猫の世話はそなたや女中に任せておるのであろうな」

この問いかけには、

「奥女中の皆さまと……」

はっとしたように奉公人は話の途中で口を閉ざした。

「奥女中の他に誰か世話をしておるのか」

勘十郎が迫ると、

「いえ……」

「子供ではないのか。名はお梅、歳は八つ……違うか」

「ぞ、存じませんで……」

奉公人はそそくさと走り去ってしまった。

引き止める間《ま》もなかった。勘十郎は裏手に回った。

すると、足音が近づいてくる。

小屋の右手に広がる竹林に入り様子を伺うと、年配の女中と若い女中が祠の横から
こちらに歩いて来た。若い女中は竹で編んだ籠を抱えている。

二人は猫小屋の前に立った。

「お久美《くみ》、中に入りなさい」

年配が命じた。

お久美は渋々といった顔つきで籠を抱いたまま中に入った。入ったものの、猫が嫌いなのか苦手なのか、顔をそむけている。

「これ、そんな目をそむけてはなりません」

年配が叱責をする。

「玉田《たまだ》さま、わたくしは猫が苦手でございます」

年配は玉田といって女中頭《がしら》のようだ。

「苦手で通るとお思いか。美代さまに忠義を尽くすのです」

玉田に叱責され、お久美は顔をそむけながら猫に近づく。猫はぎゃあと鳴き始めた。

お久美の顔が歪む。

「四匹を選びなさい」

玉田が声をかける。

「どれですか……ああっ」

お久美は顔をしかめて右手を上げた。黒猫の爪で手を引っかかれたようだ。

「どれでも、いいから、早くなさい」

冷たく玉田は言い放つ。

「でも、言うことを利《き》きませぬ」

悲痛な声でお久美は訴えかける。

しかし、

「いいから、早く四匹を選び出しなさい」

無情にも玉田は強い口調で命じる。

「わ、わかりました」

躊躇いがちにお久美は目についた猫に近づいた。鳴き声は激しくなり、背中を丸める猫、お久美に飛びかかる猫も出た。

「きゃあ！」

堪《たま》りかねたお久美は絹を裂いたような叫び声を上げ、小屋から飛び出した。

「玉田さま、わたくしには無理です」

涙ながらにお久美は許しを請うた。

玉田は舌打ちをし、お久美を睨み据えたものの、自分は中に入ろうとはせず、

「お梅は何処じゃ」

と、周囲を見回した。

お久美は首を捻るばかりだ。

そこへお梅がやって来た。

お久美と玉田の顔が安堵に綻んだ。

「お梅、ここから四匹を竹の籠に入れてお方《かた》さまのところへ持っていきなさい」

玉田が命じた。

お梅は返事をせず小屋の中に入った。

鳴き喚《わめ》いている猫たちに向かって、

「怖かったの。ほんとに、悪い人たちだね。もう、怖くないよ」

などと、あやしながら猫に近づく。爪を立てていた猫もお梅になついた。お梅は黒猫を抱き上げた。

「お梅、早く、猫を籠に入れるのです」

玉田が言葉をかけると、お梅は黒猫を抱きながら返した。

「昨日、お方さまに持っていったミケとアオはどうしたの」

「お方さまが可愛がっておられる」

「だったら、まだ、持っていかなくてもいいんじゃないの」

お梅は危ぶんでいる。

「お方さまは、猫がお好きなのじゃ」

玉田は高圧的な物言いである。

「ほんと……」

小首を傾げたお梅は疑わしそうだ。

「いいから、持ってゆくのです」

玉田に急かされ、お梅は四匹の猫を竹籠に入れ、小屋から出て来た。

玉田がお久美に籠を受け取らせようとしたが、

「あたいが持ってゆく」

小さな身体には大きすぎる竹籠を大事そうに抱え、歩き出した。お久美はほっとした顔になった。

三人は祠の横を歩き去った。

七

お梅がここにいたとは意外だったが、ともかく、無事な姿を確認できたのはよかった。勘十郎はお梅が戻って来るまで猫小屋の裏手に潜むことにした。

程なくしてお梅は猫小屋に戻って来た。小屋の中に入り、猫たちと一緒に遊び始める。

「みんな、いい子にしておくれよ。もうすぐ、餌がくるからね」

猫に語りかけるお梅は生き生きとしており、いかにも楽しげだ。お梅は猫小屋で飼っている大量の猫を手なずけるために山村家の者によってこの屋敷に連れてこられたのだろう。

勘十郎はそっと竹林を抜け出て、猫小屋の表に立った。

次いで、

「お梅」

と、金網越しに声をかけた。

お梅はこちらに顔を向けた。特別な警戒心はなく、

「あれ、萬相談所の旦那さん」

と、笑顔を送ってきた。

勘十郎も笑みを返し、

「こんなところで、何をしておるのだ」

「猫と一緒にいるんだよ」

悪びれもせずにお梅は答えた。

「ここへはどうやって来たのだ」

「ここのおばさんに連れて来られたの」

一昨日、お梅は一人で鎌倉河岸の裏手に広がる野原で猫を探しに歩いていたそうだ。

「そしたらね、さっきのおばさんがやって来て、猫に会わせてくれるって言ったの」

お梅は女中の用意した駕籠《かご》に乗せられ、この屋敷へとやって来たのだとか。

玉田は大量の捕獲した猫に手を焼き、猫好きのお梅に世話をさせようと連れ去ったのだ。猫の鳴き声がうるさいと評判が立ち、猫を大人しくさせる必要があったに違いない。お梅の飼い猫をさらったのも玉田たちであろう。それにしても、何のために大量の猫をさらったのだという当初の疑問は残る。

「どうして、この屋敷では、こんなにも沢山の猫を飼っているのだ」

勘十郎の問いかけに、

「お方さまがとっても猫が好きなんだって」

お梅は答えたものの不審そうだ。

「本当に、お方さまは猫がお好きなのか」

勘十郎がいぶかしむと、

「わかんない」

　お梅は抱いている三毛猫に頰ずりをした。

「疑わしいのだな」

「毎日、ここから二匹とか四匹とか朝と昼に連れて行くけど、戻ってこないもん。それに、お方さまがこの小屋に来たこともない」

　お梅の目が不安そうに揺れた。

　お美代は猫をどうしているのだろう。

　まさか、食用にしているのか。

　勘十郎の考えと同様の心配をお梅は抱いているようで、目に涙を滲《にじ》ませた。

「おっとうとおっかあが心配をしておるぞ」

　勘十郎が言うと、

「おっとうもおっかあも、あたいのことなんかほっぽっているんだもの。家にいない方がいいって。あたいは、拾われた子なんだもん。どうせ。捨て子なんだもん」

　お梅は声を放って泣き出した。

　勘十郎はしばらくお梅が泣くに任せた。

　泣き終えたところで、

「そんなことはないぞ。おっかさんはな、今朝、うちに来たのだ。うちに来てな、お梅がいなくなったと、どうか探してくださいと、涙ながらに頼んだのだ」

「そんなのうそだ」

お梅は強く首を左右に振った。

「嘘なものか。おっかあはな、お梅を外で遊ばせてばかりいたことをとても悔いておるのだ」

勘十郎の言葉にお梅は返事をしない。

すると、にわかに大勢の足音が近づいてきた。

八

山村と門人たちがやって来た。横田が怒りの目を向けてくる。

「立ち入るべからずと申したはず」

山村は苦々しそうに言った。紺の胴着姿であることは変わらないが、腰には木刀ではなく本身《ほんみ》を差している。

「あいにくと、おれは天邪鬼《あまのじゃく》でな、行くなと言われると行きたくなる、やめろと止められるとやりたくなる性分なのだ。それでもって、中に入ってみた。すると、猫の鳴き声がするではないか。おれは、無類の猫好きときておってな、堪らずにここまでやって来たという次第」

またも、三次譲りの立板の水の調子で嘘を並べ立てた。

が、

「白々《しらじら》しい嘘を……まことの目的は何だ」

今度は山村に見抜かれてしまった。

「ばれたか」

あっさりと勘十郎は認めた。

すると、山村は目を凝らし、

「当屋敷を探りに来たのであろう」

「ご名答だ」

あっけらかんと勘十郎が答えると門人たちは色めき立った。それを山村は目で制し、

「そうか……奥に頼まれたのだな。回国修行とはよくも抜け抜けと。武芸修行を隠れ蓑《みの》にこそこそと嗅ぎ回るとは許せぬ」

山村の目が吊り上がった。

「奥とは山村殿の奥方か」

山村の意外な疑いに勘十郎は戸惑った。

「惚（とぼ）けるな」

「惚《とぼ》けてはおらぬぞ」

「問答無用だ。おお、そうだ。お主《ぬし》との手合わせ、明日と申したが今ここで致そうではないか。お主は鑓を使え。わしは真剣で参る」

山村は大刀を抜いた。

さすがに武芸好きとあって手入れが行き届き、匂い立つような刃紋である。山村は門人たちに手出し無用と命じ、勘十郎と向かい合った。

「いいだろう。そっちが刀ならおれも刀だ。鑓では勝負の前からおれが有利に立つからな」

勘十郎は十文字鑓を猫小屋の金網に立てかけた。

そして、おもむろに腰の刀を抜き放つ。

門人たちは勘十郎と山村を遠巻きに囲んだ。お梅は小屋の奥に移動し、猫たちに囲まれている。

山村は八双《はっそう》に構えるや、いきなり斬り込んできた。勘十郎は後方に飛び退《の》いた。風がびゅんと鳴り、山村の刃は空を切った。鋭く力強い太刀筋《たちすじ》だ。

空振りをしても山村は身体の均衡を崩していない。

勘十郎は山村の動きを見定めながらゆっくりと右に歩き始めた。山村はどっかと地べたを踏みしめ、目だけで勘十郎を追う。

勘十郎の動きが止まったと同時に山村は踏み込んで来た。

同時に勘十郎も飛び出す。

二人の刃が激突した。

青白い火花が散る。

今度は山村が後退しようとしたが勘十郎は離れず、鍔競《つばぜ》り合いに持ち込んだ。長身を利し、勘十郎は上から圧しかかる。

山村は負けまいと渾身《こんしん》の力で跳ね返す。

顔を真っ赤にして踏ん張るが、力では勘十郎に及ばず、膝をついてしまった。

が、咄嗟《とっさ》に地べたを転がり刀で勘十郎の脛を払った。

間一髪、勘十郎は飛び上がって山村の刃を外《はず》した。

素早く山村は立ち上がり払い斬りを繰り出した。

勘十郎は下段から刀をすり上げる。

またも、二つの刀が交わった。

二人は向かい合い、刃を繰り出す。白刃は激しくぶつかり合った。門人たちは身動《みじろ》ぎもせず固唾《かたず》を呑んで見守っている。

山村は間合いを取ろうと後ずさった。

勘十郎は竹林に向かって走り出した。山村も追って来る。竹林の中に飛び込むと勘十郎は刀を振るった。

切られた竹が二本、山村に倒れかかった。

山村は竹を避けようと立ち止まった。そこへ勘十郎が斬りかかる。山村の刀は弾き飛ばされた。

丸腰となった山村に勘十郎は刀の切っ先を突きつけた。

「おのれ……無念じゃ。さあ、斬れ」

悔しげに山村は唇を噛んだ。

「斬らぬ。その代わりに教えてくれ。どうして、あんなに沢山の猫を飼っておる。それと、おれが奥方の頼みでこの屋敷を探索したと申したのは何故だ」

納刀しての勘十郎の問いかけに山村は目をしばたたいた。

「お主、奥に頼まれてここを探索しに来たのではないのか」

「ああ、違う」

きっぱりと否定した勘十郎を見て山村はうなずいた。

「あれだけの猫を飼っておるのはな、千代丸《ちよまる》の……わしが美代に産ませた倅だが、千代丸の命を守るためじゃ」

「ご子息のお命を守るとは……ああ、そうか。毒見か」

勘十郎が言うと山村は薄笑いを浮かべ、

「奥は美代を憎んでおる。美代は元はといえば、奥付きの女中であった。四年前にわしが見初《みそ》め、ここに囲った。やがて、千代丸が生まれた。奥との間にも千代松《ちよまつ》が生まれておった。千代松の方が半年早く生まれ、嫡男として育てたのだが……」

今年の正月、千代松は食当たりで死亡した。

「奥は千代松が美代の手の者に毒殺されたと疑った。美代への憎悪がそんな妄想を抱かせ、千代丸も毒殺しようとあの手、この手で仕掛けてくるのだ」

「それで、千代丸君《ぎみ》の食事のたび、猫に毒見をさせておったという訳か。なるほど、沢山の猫がいるはずだな」

呆《あき》れたように勘十郎は失笑を漏らした。

「おわかり頂けたか」

「訳はわかったが貴殿のやり方は間違っておる。まこと、息子が大事なら美代殿を慈《いつく》しむのなら、奥方にわからせることだ。千代松君は毒殺されたのではない、とな。そして、奥方を大切にしてやれ。奥方は自分から貴殿の気持ちが離れたと寂しがっておるのではないのか。貴殿も婿養子の立場で奥方に遠慮しておるのだろう。武芸への熱意と同様に奥方にも対したらどうだ」

つい説教じみた言葉が口をついて溢れ出てしまった。

山村はうなだれている。

その脇を勘十郎は通り抜け竹林から出た。山村も続いた。

猫小屋の金網に立てかけて置いた十文字鑓を勘十郎は手に取った。

「山村殿、しかと奥方と話されよ」

言うや勘十郎は鑓の穂先を金網の隙間に差し込み、

「さあ、出てゆけ」

と、大音声を発すると鑓で金網を取り払った。猫たちが小屋から逃げ出した。門人たちはおろおろとしたが、猫を追いかけ始めた。

それを、

「やめろ。追いかける必要はない」

山村が止《と》めた。

勘十郎は小屋の中を覗き、

「お梅、家に帰るぞ」

お梅は三毛猫を抱きながら黙って出て来た。

勘十郎はお梅を連れ、立ち去ろうとした。

「向坂殿、かたじけない」

山村は深々と腰を折った。


お梅と一緒に勘十郎は神田白壁町の長屋へやって来た。お梅が抱く三毛猫は野原で飼っていた十四の内、ただ一匹美代の所へ連れて行かれずにすんだ猫だそうだ。

暮れなずむ長屋の木戸にお久が立っていた。夕陽を受け、影を往来に引かせている。

お久は勘十郎とお梅を見ると駆け寄って来た。次いで、お梅の前にひざまずくと、

「お梅、御免ね」

嗚咽《おえっ》を漏らしながらお久はお梅に詫びた。

「おっかさん、ケンを飼っていい。とってもいい子なんだよ」

お梅は円《つぶ》らな瞳でお久に語りかけた。

お久は返事の代わりにお梅を力一杯抱き締めた。

茜《あかね》に染まった母娘を見て勘十郎は安堵し、そっとその場から離れていった。

第三話　白髪《しらが》の妄想

一

桜が八分咲きとなった如月二十五日の朝だった。

「勘十郎さま」

という声がかかり、声の方を見ると一人の女が立っている。春爛漫《らんまん》の時節に合わせたかのように、薄桃地に桜を描いた小袖に紫の帯を締め、楚々とした佇まいを見せていた。女にしてはすらりとした長身、目鼻立ちが整った美人であるが、口が大きいのが玉に瑕《きず》だ。

この女性、勘十郎の許婚《いいなずけ》、好美《よしみ》である。勘十郎が勘当されていなければ、今頃は勘十郎の妻となっているはずだった。好美の父、大瀬河内守昌好《おおせかわちのかみまさよし》は北町奉行を務めている。

「萬相談所、繁盛《はんじょう》をしておられますか」

好美が言った。

「まああだ。ところで、どうしたのです。おれは向坂の家には戻りませんぞ」

勘十郎は右手をひらひらと振った。

「わかっております。何も、勘十郎さまに御家に戻ってくださいと頼みに来たわけではありません」

好美は笑顔を引っ込めた。

「ほほう、では何用ですかな。まさか、顔を見にきたわけではないでしょう」

「相談事です」

好美が答えたところへ三次が戻って来た。

「三公、丁度いいところに戻って来たな。相談者だぞ」

勘十郎が声をかけると、

「ああ、こりゃ、好美さまじゃござんせんか。なんだ、勘さま、お茶の一杯も出さないで」

三次は手早くお茶と菓子を出した。好美は、

「三次殿はよく気がつかれますね」

などと嫌味っぽく勘十郎を見た。

勘十郎は横を向いた。三次は手間賃帳を用意し、好美の言葉を待った。

好美はおもむろに語り出した。

「町で見かけたのです」

好美は好奇心旺盛である。

それによると、芝にある菩提寺《ぼだいじ》に参詣《さんけい》の折、奇妙な募集広告を見たそうだ。

「白髪《しらが》の殿御《とのご》に限って募集するお屋敷があるのです」

「ふ～ん」

勘十郎はあくびを嚙み殺すという、乗り気ではないことをあからさまに態度に出した。三次は好美の機嫌が悪くならないように配慮してか、

「そりゃ、面白そうですね、白髪ばっかりとは。で、どちらさまのお屋敷なんですか」

「絵師《えし》だそうなのですよ。元は尾張大納言《おわりだいなごん》さまにお仕えしておられたそうなのです。お名前は……武藤幽谷《むとうゆうこく》とおっしゃいます」

「ああ、聞いたことがありますよ。美人画の大家《たいか》ですよね」

三次は調子を合わせた。

横目に勘十郎を見ると知らん顔をしている。

三次は、

「絵に描きたいってことじゃござんせんかね」

「武藤幽谷といえば、三次殿が申されたように美人画です。白髪のお年寄りは絵に描きませんわ。しかも、雇ったお方にやらせる仕事は百人一首を書き記すことなのですよ」

好美は言った。

「百人一首っていいますと……千早《ちはや》ふる神代《かみよ》も知らず……割《わ》れても末に会わんとぞ想うってやつですか」

三次は知っている歌をそらんじたものの、在原業平《ありわらのなりひら》と崇徳院《すとくいん》の歌がごちゃまぜになるとんちんかんぶりだ。好美はおかしそうに笑い、

「その百人一首です。百人一首を書き記すだけで、一日に一両だそうなのですよ。おまけに、朝餉、昼餉、夕餉までがつくそうです」

「そりゃ、凄いや」

三次は勘十郎を見た。

勘十郎も、

「それはまた、法外な礼金だな」

「そうでしょう。一体、どうしてそんな仕事を募集しているのでしょう」

好美が疑問を呈すると、

「武藤幽谷に訊いてみればいいだろう」

素っ気なく勘十郎は言った。

「そりゃ、そうですがね、それがしづらいから、好美さまはこうして相談事にいらしたんじゃござんせんか」

三次が間に入った。

好美が、

「理由は広告の中には書かれておりませぬし、応募しようにもわたくしは白髪ではございませぬ。応募もせずに立ち入ったことは訊けませぬわ」

「深いわけなどあるまい。武藤幽谷という絵師、風変わりで物好きな男なのだろうさ」

素っ気なく勘十郎は言った。

三次が、

「好美さまには、何か不穏なものを感じられるのですか」

「そうなのですよ。だって、妙じゃありませんか。白髪の年寄りに百人一首を筆写《ひっしゃ》させて一両の報酬だなんて」

「応募している人もいるのですよね」

「いいお仕事ですからね、大勢の応募があるようですよ。きっと、何か深い事情がありますよ。しかも、よからぬ訳が」

好美は決め付けた。

勘十郎が言うと、

「おれはな、伊達《だて》や酔狂《すいきょう》で探索はせぬぞ」

「お忙しいのですか」

好美は首を傾げた。

「暇じゃござんせんか。昼寝ばっかりしていらっしゃって」

三次が答える。

ばつが悪そうに勘十郎は空咳をしてから、

「暇だが、そんな下《くだ》らぬことに関わる気にはなれんのだ」

勘十郎は両手を伸ばし、大口を開けてあくびをした。

「まあ、意地悪だこと」

好美はふくれっ面となる。

「まあまあ、なんでしたら、あっしがちょいと探索に行ってきますよ」

三次は探索の手間賃は半日分で一分《ぶ》にしときますと言った。

「では、三次さん、お願いしますね」

好美は勘十郎に一瞥《いちべつ》をくれてから、一分を畳に置くと帰っていった。

好美がいなくなってから、

「勘さま、ちょいとつれないんじゃござんせんか」

三次が責めるように言うと、

「幽谷だか朝方だか知らんが、絵師の気まぐれに付き合ってなどいられるものか。馬鹿馬鹿しい」

勘十郎はごろんと横になった。

「いや、そうじゃなくってですね、好美さまのお気持ちをお考えになってくださいって言っているんですって。好美さまが、こんな相談事を持ってこられるのも、勘さまの気を引きたいからなんですよ。そこんところを考えて差し上げないと」

三次が語りかけると、

「いや、あの好美殿はな、とにかく好奇心の強い姫御だ。おれの気を引くというよりも、言葉通り、気になって仕方がないのだ。己の好奇心を満足させたいだけなのだ」

勘十郎は言った。

「そうですかね。あっしゃ、それだけとは思えませんがね」

三次は、ともかく引き受けたからには武藤の屋敷に行ってくると離れ座敷を出た。


空は曇り、風が肌寒い。せっかく八分咲きとなった桜が萎《しぼ》んでしまうのではないかと危ぶまれる花冷えの昼下がりである。

武藤幽谷の屋敷は芝増上寺の裏手にあった。五百坪ほどの敷地に竹垣が巡っている。木戸は開け放たれ、男たちが並んでいる。そろって、白髪頭だ。

みんな公募を見てやって来たようだ。中には町人ばかりか武士風の男もいる。武士は尾羽《おは》打ち枯らしたという表現がぴったりのみすぼらしい着物をまとい、伸びた月代《さかやき》、無精髭共に真っ白、牢人《ろうにん》であろう。

その男と三次は目が合った。

揉み手をして、

「ここ、武藤幽谷先生のお屋敷でございますね」

三次が問いかけると、

「いかにも」

不審そうな目で牢人は三次を見た。

「あれでしょう。白髪頭を募集していなさるんですよね。百人一首を筆写する仕事で、一両が貰えるって」

「そうだが、そなたは……」

牢人は艶めく三次の黒髪を見て、いぶかしんだ。

「ああ、その……もちろん、あっしじゃござんせんよ。うちの爺さんなんですよ。髪が白いのが自慢でしてね、それで、どうかなって思って様子を見に来たってわけでしてね」

三次は屋敷の中を見た。

「ならば、そなたの祖父が来ればよいではないか」

牢人に不審がられたため、

「ごもっともですね」

三次は離れた位置に立ち、屋敷の様子を窺った。しばらくして、一人の老人が出て来た。

「どうも、お疲れさんです」

にこにこと三次は近づいてゆく。

老人は警戒の目を向けてきた。

「いえね、うちの爺さんにも応募させようと思っているんですがね、面接の具合はどんなもんだったかって気になりましてね」

知らん顔をされる前に三次は紙に包んだ五十文を握らせた。

老人はすまねえと頬を緩めて語ってくれた。

「面接っていってもなあ、百人一首をなんでもいいから一つ書かされたんだ」

面接の座敷には文机に筆、硯《すずり》、紙、お手本が用意されているそうだ。応募者はお手本を見ながら一首を紙に書かされる。

「千早ふるって業平の歌を書いたんだ。でも、おらあ、漢字がかけないし、字は下手糞ときているからな、採用にはならなかったよ」

恥をかいたと老人は言った。

「すると、漢字できちんとした文字を書けないといけないってことか。こりゃ、うちの爺さんも無理だな」

「ま、そういうこった」

用がすんだとばかりに老人はそそくさと立ち去った。

白髪とある程度の達筆さが採用の条件ということだ。

二

別の老人の話も聞こうと木戸門脇の柳の木陰に身を潜めた。何人かの老人に話が聞けたが、みな、先ほどの老人同様の内容であった。

半時が過ぎ、先ほどの牢人が現れた。

三次は牢人の前に立つ。

「なんだ、まだおったのか」

邪険《じゃけん》な言葉とは裏腹に牢人は機嫌が良い。

三次は改めて挨拶をしてから、

「ご採用になったんですか」

と、問いかけると牢人は誇らしそうに首肯した。

「そりゃ、おめでとうございます。よろしゅうございましたね」

三次が祝福すると牢人は頰を綻《ほころ》ばせた。

「どうです、お近づきの印に、お祝いも兼ねまして」

三次は酒を飲む格好をした。

「いや、見ず知らずのそなたに祝われる覚えはない」

牢人は躊躇いを示したが、

「実はね、あっしゃ、武藤幽谷先生に絵を描いて頂きたいって思ってましてね、それで、伝手《つて》を求めているんですよ」

思いつきをべらべらと述べ立てた。

「お酒、召し上がらないのですか」

にんまりとして三次は猪口《ちょこ》を傾ける格好をした。牢人の顔がやに下がった。よほど、酒が好きなようだ。

「まあ、飲まないことはないが」

「なら、行きましょうよ。この近くにですよ、いい酒場があるんでさあ」

三次が誘うと、

「そうか……ならば、一杯だけだぞ」

牢人は軽やかな足取りで歩き出した。

目に付いた酒場に入った。煮豆と香《こう》の物が肴《さかな》の店である。ざわざわとした店内は職人風の男ばかりだ。落ち着いて飲める店ではないと後悔したが、酒が入ると牢人の舌は滑らかとなった。酒は杯ではなく、丼に入れられてある。白濁した酒で酸っぱい。

武士は相州《そうしゅう》牢人で井上健太郎《いのうえけんたろう》といった。真っ白な髪だが、意外にも若く四十九ということだ。

「昔から白髪混じり、若白髪というやつでな、それで、ずいぶんと気にかけて、肩身の狭い思いもしたが、これが幸いするとは、世の中、わからぬものよな」

井上は苦笑を漏らした。

「いやあ、井上さまの日頃のお心がけがよろしいからですよ」

三次は言った。

「まあ、思いもかけずといったところだ」

井上は丼の酒を美味《うま》そうに飲み干した。飲み干すと目を細めた。

「井上さま、相当に酒が切れていらっしゃいましたね」

三次は酒の替わりを頼んだ。

「すまんな、もう、一月《ひとつき》、酒どころか、茶も飲んでおらん」

井上は肩をそびやかした。

「お身内は……」

「さびしいことに家内には先立たれ、息子夫婦とも離れ離れに暮らしておる。男やものわびしさを日々楽しんでおるぞ」

強がりか井上は声を上げて笑った。

「そりゃ、お寂しいですね。後添《のちぞ》いをお貰いになったらいかがですか」

「いやいや、わしのところに嫁のきてなどはおらん」

井上は二杯目の丼を受け取った。

「幽谷先生のところのお仕事はどんなもんでしょうね。百人一首を筆写するってことですが」

「そうなのだ」

「先ほどお年寄り方に話を聞いたんですがね、百人一首を一首、書かされたってことでしたけど」

「ああ、書いたぞ」

「井上さまはお武家さまだけあって、字はすらすらとお書きになったんでしょうね」

三次が言うと、

「わしはな、これでも、筆には自信があるのだ。それが、幸いしたのだがな」

井上は空で指を使って字を書く真似をした。

「そりゃ、良かったですね」

「芸は身を助ける、じゃな」

「でも、百人一首を筆写して、白髪頭が採用の条件ってのは、どういうことなんですかね」

三次が疑問を呈すると、

「その辺のところはよくわからぬ。わしも、聞いてはみたのだがな」

「面接の場に幽谷先生はいらしたんですか」

「ああ、おったぞ」

幽谷は終始黙っていたそうだ。

「面接は専《もっぱ》ら幽谷先生の弟子がやったのだ」

弟子は女だったそうだ。

その女は淡々とした口調で文机に用意された紙に百人一首を一つ書くように言った。

お手本を渡されたが井上は受け取らず、業平の歌を一首、書いたそうだ。

それを女はじっと見て、幽谷に手渡してうなずいた。幽谷もうなずき返し、

「それで、採用を女から告げられたのだ」

井上は言った。

「よっぽど、よい筆遣いだったのですね」

三次は言った。

「申したであろう。わしは筆には自信があるとな」

すっかり、井上は上機嫌になった。

「お仕事は明日からですか」

「そうだ」

「百人一首はどれくらいの日数で筆写できるもんですかね」

「それがな、百人一首を筆写するだけではないのだ」

「へえ、そうなんですか。じゃあ、広告よりもきつい仕事になるんですか」

「百人一首ばかりか、源氏物語《げんじものがたり》も筆写することになった。そのかわり、ちゃんとその分の金はくれるそうだ」

「そりゃ、よかったじゃありませんか。得意の筆で金を稼げるんですからね」

三次の言葉に井上は破顔《はがん》をした。

「それにしても、幽谷先生、なんだって、そんなことをさせるんですかね……」

三次は考えを巡らせた。

「さてな、わしにはわからんが、絵の想《そう》を得るためではないのか」

井上は言った。

「絵の想ですかね。それなら、他人に筆写させるんじゃなくってご自分でおやりになりそうなもんですけど」

三次の疑問に、

「それは、そうだがな」

最早《もはや》、思案するのが面倒になったようで、井上は生返事をすると酒の替わりを頼んだ。

質《たち》のよくない酒と共に疑問が頭に残りそうだと思った途端、

「酒……酒がないぞ」

井上の声が大きくなった。

目が据わっている。酔いが回ったようだ。三次は酒の替わりを頼んだ。

「こら、何度言ったらわかるのだ。酒を寄越せ」

井上は悪酔いしている。これ以上、飲ませるのは危ない。

「今日のところは、これで帰りましょう」

三次が声をかけると、

「うるさい」

「帰りましょう」

「貴様、誰だ！」

正体をなくし、井上は叫ぶと縁台に突っ伏した。

「ったく、しょうがねえな」

三次は顔をしかめた。

明くる二十六日の朝、三次は井上から聞いた面接の経緯《いきさつ》を勘十郎に報告した。

「ふ〜ん」

勘十郎は生返事である。

「ますます、わからなくなりましたよ。幽谷先生はなんだって白髪頭を選んで百人一首や源氏物語の筆写をさせるんですかね」

三次が問いかけると、

「流麗《りゅうれい》な文字で百人一首と源氏物語を読みたいとか所蔵したくなったのではないのか」

勘十郎の考えを、

「そうですかね」

三次は納得できず首を捻《ひね》った。

「あんまり、深く考えるな」

「でもね、好美さまはその考えじゃ、納得なさらないかもしれませんよ」

「好美殿が納得しようがしまいが、今回の相談事に大した訳はあるまい」

冷めた口調で勘十郎は言った。

「そうですかね。あっしゃ、好美さまを納得させるのは大変だと思いますよ」

三次は逆らった。

「それは、三公の仕事じゃないか。三公が引き受けたのだからな」

勘十郎はけろっと言い返す。

「あっしに押し付けてもですよ、好美さまがそれで落着《らくちゃく》とは思わないでしょうね」

三次は言った。

「その内、飽きるさ。ああいう、好奇心旺盛な女というのはな、次に興味をいだく事物が現れるとそっちの方に目がいくものだ」

達観《たっかん》した口ぶりで勘十郎は言った。

「そうですかね」

三次は首を捻った。

「それより、武藤幽谷の絵というのは、そんなにも値打ちがあるのか」

勘十郎は言った。

「あっしも絵のことはよくわかりませんがね、何しろ、評判のお方ですよ。方々《ほうぼう》のお大名やお旗本のお屋敷に出入りして、奥方や姫さまを絵に描いていらっしゃいますよ。そんなお偉いお方ばかりじゃなくてですよ、町娘とか吉原《よしわら》の太夫なんかも絵になさいますね」

三次が答えたところで、

「御免ください」

お里がやって来た。

銀杏屋の主人、茂三の女房だ。銀杏屋の財布を握るしっかり者である。亭主の茂三が五尺に満たない小男であるのに対し、お里は五尺二寸と女にしては大柄だ。萌黄色《もえぎいろ》地に花鳥風月を描いた小袖は大年増には派手だが、本人はこれでも地味だと不満を言い立てている。身体同様、顔も大きく濃いめの化粧が春というのに暑苦しい。

「勘さま、月々のお家賃を頂戴しに来ました」

お里が言うと三次が支払いに応じる。

「お里、武藤幽谷に描いてもらったらどうだ」

勘十郎が声をかけると、

「まあ、お上手《じょうず》おっしゃって。幽谷先生はですよ、美人しか描かないんですからね」

「お里だったら大丈夫だろう」

「お世辞《せじ》言っても、店賃《たなちん》はまかりませんからね。勘さま、三次さんに染まって言葉が軽くなりましたよ」

しっかり者のお里は勘十郎の世辞に乗せられることはなかった。

お里が出ていってから、

「そうそう、井上って牢人さん、酒癖の悪いのなんのって。まあ、久しぶりの酒ってことでしたし、どぶろくだったんで悪酔いしたのかもしれませんがね、参りましたよ」

安酒場で酔い潰れた井上を三次は苦心惨憺《さんたん》してあばら家へ連れ帰ったのだった。

三

それから四日が過ぎた。

好美は中々、顔を出さなかったが、ようやくのこと、やって来た。弥生《やよい》一日《ついたち》、桜満開の昼である。

「好美さま、待ってましたよ。調べてきましたんでね」

三次は言った。

すると、好美は目を大きく開けて興味深そうな顔をした。

三次は面接の現場へ行ってきて、井上が採用された経緯を話した。

「百人一首と源氏物語を筆写するだけで、法外なお金が得られるなんて、やっぱりおかしいわね」

興味が移るどころか、好美は益々興味を深めた。

「そうですよね」

三次も調子を合わせる。

「きっと、何か大きな裏があるのよ」

好美は断じた。

「裏っていいますと」

三次が問い返すと、

「そこのところをよく考えなさいよ」

ぴしゃりと好美は注意をしてから、

「そうね、たとえばよ、最初から、武藤幽谷は井上何某《なにがし》を採用するつもりだったというのはどうかしら」

と、自分の考えを述べ立てた。

「っていいますと、白髪頭の老人と百人一首の筆写っていうのは……」

「井上を釣り出すための餌ということよ」

どうだといわんばかりに好美は勘十郎を見た。勘十郎も生返事《なま》ばかりを返すわけにはいかないと気遣ったのか、

「井上を釣り出して何とするのだ」

「井上が幽斎の屋敷で筆写をしている間、留守になりますね。その留守を狙うのです」

好美の考えに三次が首を捻って、

「留守中に何かを探すってこってすか」

「そういうことよ」

「その何かっていうのは……ああ、ひょっとして、井上さまは何かお宝を持っているってこってすか」

「わたくしはそう思うわ」

「でもですよ、井上さま、とってもお宝なんか持っていそうにありませんでしたよ。何しろ、大好きな酒を一月《ひとつき》も飲んでいないってことでしたからね。だから、筆写の仕事に応募なさったんですからね」

「井上という牢人、相州の何処の御家だったのかしら、それで、どうして牢人をしたのかしら」

「さてね、そこまでは聞きませんでしたよ」

と、返した三次に好美は不満たっぷりに言った。

「確かめなきゃいけないわよ。これは、わたくしの想像ですけどね、井上殿が仕えていた大名家と武藤幽谷は親しい間柄なのですよ。それで、幽谷はその御家から頼まれて、御家の宝を探しているの」

「好美さまは、どうしてもお宝に拘りたいのですね」

三次が言うと、

「その方が面白いでしょう」

好美は顔を輝かせた。

「それはそうですがね。あの尾羽打ち枯らした井上さまと、お大名家のお宝とは、どうしたって結びつきませんぜ」

三次は言った。

「だから、面白いのではありませんか」

「面白いとかつまらないって、問題じゃないと思いますけどね」

「いいから、もう一度、井上を探りなさい」

断固として好美は譲らない。言い出したら聞かないお姫さまである。

「そんなこと言われましてもねえ、そう、ちょこちょこ、井上さまを尋ねるわけにもいきませんからね」

困ったと三次は断ろうとしたが、

「そこを算段するのが、三次殿の役割でしょう。それでは向坂勘十郎萬相談所の番頭は務まりませんよ」

好美に言われ、

「すんません」

思わず三次は頭を下げてしまった。

ここで勘十郎が、

「そんなに興味を抱いたのなら、好美殿も探索に動かれたらどうだ」

と、割り込んだ。

「ええ、わたくしがですか」

好美はきょとんとして戸惑ったのも束の間、すぐに笑みを浮かべ、

「わかりました。やってみます」

了承したものだから、

「ええっ、どうなさるのですか」

三次は危ぶんだ。

好美が思案をすると、

「お父上から幽谷に頼んでもらうのだ」

勘十郎は言った。

「父から幽谷先生への頼み事とは」

好美が小首を傾げると、

「決まっておるだろう。幽谷先生に好美殿の絵を描いて欲しいと頼んでもらうのだ」

「わたくしの絵でございますか」

好美が首を捻ると、

「こらいいや。いや、好美さまなら、幽谷先生も描き甲斐があるというものですよ」

三次は言った。

「美人画ですか、わたくしが」

好美自身は釈然としないようだ。

それでも、

「そうですね、それですと、武藤幽谷先生のお屋敷に出向け、正々堂々と対することができますものね。わかりました、早速、父から頼んでもらいます」

「北町奉行から頼まれれば、幽斎も嫌とは言うまい」

「では、勘十郎さまも一緒にいらしてくださいね」

当然のように好美は頼んだ。

「おれもか」

今度は勘十郎が戸惑った。

「言い出したのは勘十郎さまですよ。勘十郎さまが逃げてはなりませぬ」

好美に責められ、

「違いねえや」

三次も賛同した。

「わかったよ」

渋々勘十郎は応じた。


三日後、勘十郎は好美の付き添いとして武藤幽谷の屋敷へとやって来た。好天に恵まれ、桜満開の庭は春たけなわの装いだ。好美の装いも優雅である。白地に桜の花を描いた小袖を身にまとい、銀の花簪《かんざし》で髪を飾り立て、薄く頬紅を引き、唇には濃い目の紅《べに》を差していた。

真っ赤に艶めいた大きな口はお転婆《てんば》な一面を隠し、娘盛りの色香を漂わせている。

庭に面した座敷へと通された。

春光に溢れた座敷は畳替えされたばかりのようで、井草《いぐさ》が香《かお》立《り》っている。心地よい春風がいい具合に吹き込んできて、勘十郎の茶筅髷を揺らした。

待つ程もなく幽谷がやって来た。

真っ白ではないが、白髪混じりの髪を束髪に結い、柳のようにほっそりとした身体に黒の十徳《じっとく》がよく似合っている。歳の頃は六十代半ば、口元に穏やかな笑みをたたえているが、眼光は鋭い。人の心の内までを絵に描けるようだ。

幽斎は軽く一礼すると好美の目の前に座った。好美は挨拶しようとしたが、じっと目を凝らして見つめられたため、言葉が発せられない。好美も幽谷から視線を外すことなく見返した。

物も言わず、幽谷は好美の顔に視線を注ぎ続ける。勘十郎も声をかけられない緊張の糸が座敷に張られた。小鳥の囀《さえず》りが静寂を際立たせる。息を吐くのも憚《はばか》られ、身動《みじろ》ぎもできず勘十郎は時が経つのを待った。

やがて、幽谷はすっくと立ち上がり、好美とは間を取って着座した。好美はほっと安堵の表情を浮かべ、勘十郎も小さく息を吐いた。

「これは、お美しい姫にございますな。さすがは北の御奉行の姫でおられる。江戸美人とは好美さまを申すのでしょう」

目元を緩ませ、幽谷は好美を褒めると、お茶でも飲んでくつろぐように言った。茶と菓子を女が運んできた。女は弟子の美咲《みさき》だと名乗った。歳の頃、二十半ば、黒髪を束ね、浅黄の小袖に草色の裁着け袴を穿いている。つましやかな所作で茶と菓子を勘十郎と好美の前に置いた。

好美は絵に描かれるのもそっちのけで、井上の話を聞こうと身を乗り出した。それを勘十郎が制して、

「時に、こちらのお屋敷では百人一首の筆写をさせるために白髪頭の男を雇ったとか」

勘十郎が問いかけた。

「よく、ご存じですな」

幽谷は茶を一口飲んだ。

「巷《ちまた》で評判になりましたからな」

「ま、酔狂と申しますかな、所蔵の百人一首と源氏物語が古くなりましたのでな、きれいな筆遣いで残したいと思ったのですよ」

幽谷は動ずることなく答えた。

「なるほど、それはわかりますが、わざわざ白髪頭の男を選んだのにはわけがあるのですかな」

勘十郎も茶をごくりと飲んだ。

幽谷は静かに微笑み、

「なに、ちょっとした感傷です」

「感傷……」

好美が興味を抱いた。

「さよう。わたしは、八つで父を亡くしたのですがな。父の思い出といえば、ひたすらに書を書いている姿だったのです」

幽谷の父は尾張大納言家で祐筆《ゆうひつ》を勤めていたのだそうだ。

「気骨の折れる仕事のせいでしょうか、若白髪で、四十五で亡くなった時には真っ白でしたな」

幽斎はそんな父の面影が忘れられず、白髪頭の男を筆写に雇ったのだとか。

「ま、歳をとって、父が懐かしくなるとは、女々《めめ》しい限りですがな」

失笑《しっしょう》を漏らし、幽谷は自分を責めた。

「では、そろそろ、絵を描きますかな」

幽谷は好美を見た。

好美は身構えた。

「そうですな、少し、横を向かれた方がよろしいですな。ごく普段通りになされよ。決して身構えたりなどなさらぬようお願い致しますぞ」

幽谷の指示に従って、好美は少し横を向いた。

「そして、口元に笑みを浮かべてくだされ」

幽谷は注文をつけた。

好美は言われた通りに笑みを浮かべた。幽谷の目が鋭く凝らされた。心の内も描こうという怖さに満ち溢れた絵師の眼差しとなった。

しばらくすると、好美の目は憂いを含んだ。描かれることに快感を覚えたようだ。

勘十郎はそっと座敷を離れ、庭に立った。

井上が筆写しているという離れ座敷を覗くことにした。


離れ座敷にやって来た。

渡り廊下を歩くと、離れ座敷の中が見通せた。白髪頭が見える。文机の前に正座をし、筆を動かしていた。

やがて、顔を上げると勘十郎に気づき、井上はおやっという顔になった。

「いや、邪魔立てはせぬ」

と、言いながらも勘十郎はずかずかと離れ座敷に足を踏み入れた。

「いやあ、見事な筆遣いですな」

勘十郎は筆写した一文を手に取り、しげしげと眺めた。

「それは、恐縮でござるが、貴殿は」

井上は戸惑いの表情を浮かべた。

四

「北町奉行殿のご息女、好美殿の供で参った向坂勘十郎と申す。いや、どなたが百人一首と源氏物語の筆写に採用されたのかと興味を抱いた次第。何を隠そう拙者ときたら、悪筆この上なし、ですのでな」

勘十郎が感じ入った様子で語りかけると、

「まあ、筆には若い頃より、多少の自慢はできるのでござるよ」

「どうでござる、一服しませぬかな」

持参の草団子を勘十郎は広げた。

「これは、すみませぬな」

井上は相好《そうごう》を崩し、草団子に手を伸ばした。

「ご牢人中でござるか」

勘十郎の問いかけに井上はうなずき、

「相州牢人でござる」

「相州は何処の御家ですか」

「三浦《みうら》藩高山《たかやま》肥前守《ひぜんのかみ》さまにお仕えしておりましたな」

三浦藩は五年前、藩主宗里《むねさと》が急死し、跡継ぎがいなかったがために改易処分となった。ということは、好美の推理というよりは妄想は否定された。御家の宝を奪って逐《ちく》電《でん》したのではないようだ。

「それは、ご苦労なさったな。かく申す拙者は勘当された身でござる」

すると、井上の目が凝らされた。

「貴殿、向坂殿と申されましたな。ひょっとして大目付向坂殿のご子息……」

「いかにも。申しましたように勘当された身ゆえ、息子であったのですがな。三浦藩改易は親父が決めたことですか」

「向坂殿が使者で参られた。むろん、向坂殿、お一人で決めたことではなく、幕閣のご意向でござりましょう」

その時の無念がこみ上げてきたのか井上は唇を噛み締めた。父とは縁が切られたにもかかわらず、井上の無念さを思い、胸が痛んだ。そんな勘十郎の心中を察してか、

「いや、向坂殿に恨みはござらん。役目上のことですからな」

笑顔を取り繕った。

「井上殿のお宅は近いのですかな」

「芝の裏長屋でござる。いや、裏長屋よりもひどい寓居《ぐうきょ》ですな。周囲は火事で焼けて、その焼け跡に掘っ立て小屋がありましてな、雨漏りがひどく、隙間風もびゅんびゅん吹くとあって、住み手がないのを幸いにわしが住んでおります」

井上は頭を掻いた。

「それはまた大変な暮らしぶりですな」

「不幸中の幸いと申せば、気軽ということですな。拙者、殿の祐筆でありましたゆえ、それはもう一日中、その不自由なことといったらありませんでした。肩が凝って凝って……あぐらをかくこともできませんでしたからな。それが今の侘び住まいでは、一日寝転んでおっても咎められることはない、朝早く目を覚ますこともないですからな」

井上は笑い声を放った。

「拙者も勘当の身となり、気楽さを味わっております」

勘十郎も笑った。

そこへ、

「失礼します」

と、声がかかった。

幽谷の弟子、美咲である。美咲はきびきびとした所作で茶を運んできた。勘十郎を見ると一瞬おやっという顔になったが、

「お茶でございます」

と、井上に告げた。

勘十郎が、

「これは、すみませんな。拙者、井上殿のお仕事を邪魔立てしてしまいました」

と、ここにいる言い訳をした。美咲は無表情にうなずき、

「できた分を頂戴致します」

と、井上に言った。

「承知した」

井上は筆写を終えた書付を整理し始めた。

「美咲殿……と申されましたな」

勘十郎が語りかけると美咲は小さく顎を引き、見返した。

「幽斎先生の下で絵の修行をされてどれくらいになられる」

「三年余りです」

「幽谷先生とは何か縁がござったのかな」

「父が先生の弟子であったのです」

父は三年前に急死したのだとか。

「これは、立ち入ったことを聞いて申し訳ござらん」

勘十郎は軽く頭を下げた。

深くは立ち入って聞けない。が、その静かな中にも強い意志をたたえた目を見れば、彼女の並々ならない決意が伺える。

「これだけでござる」

井上は書き上げた書付を美咲に手渡した。美咲は両手で受け取り、中味にざっと目を通した。無表情のまま、

「引き続き、よろしくお願い致します」

と、一礼して腰を上げた。

美咲がいなくなってから、

「しっかりした女性《にょしょう》ですな」

勘十郎が語りかけると、

「そうですな。わしの面接も美咲殿がしてくれたのです。女性ということで、わしもつい緊張が解《ほぐ》れたのですが、それが、どうしてどうして、あの強い眼差しを向けられたら緊張してしまいました」

　井上は頭を掻いた。

「なるほど、さもありなんですな」

　勘十郎も納得した。

「お陰で、離れ座敷にあっても、怠けるわけにはいきません」

　朝来ると、まず朝餉が用意されるそうだ。

「昼餉も供されるのです。それで、帰り際には弁当を渡されます。さすがに、酒は出されませんがな。至れりつくせりですな」

「不自由なく筆写の仕事ができるというわけですな」

　勘十郎は言った。

「そういうことですな」

「何か気にかかる点はなかったですかな」

　改めて問いかけた。

「特には……あ、一度、こんなことがありましたな」

と、井上が語ったのは、井上は筆を忘れたことがあった。

「筆というのはなんです、わしが殿の祐筆の頃、殿より下賜された筆でしてな、その筆が十本余りござる。情けないことに暮らしに困窮する余り、ほれ」

と、脇に置いた大刀を井上は持ち、抜き放った。

「竹光《たけみつ》でござる。武士の魂、刀は質《しち》に入れてしまったのです。それでも、殿から頂戴しました筆だけは、どんなに苦しかろうと売らずに持っておりました」

井上は文箱に入った筆を見せた。

なるほど、素晴らしい毛筆である。勘十郎も感じ入っていると、

「その筆を家に置き忘れたことがございましてな、それで、慌てて取りに戻ろうと思ったのです」

すると、美咲が止めた。

「美咲殿、それは怖い顔をなさいましてな、替わりの筆を用意してくれ、わしもその筆を使って筆写を行ったのですが、どうしても書き損じてしまい、やはり、家に取りに戻りたいと申し出たのです」

井上は言った。

「それで、美咲殿は承知されたのですな」

「それではと、この家の奉公人に取りにやらせると申されまして、結局、奉公人が取りに行ったのです」

どうしても、井上をこの離れ座敷にいさせたい、家には帰らせたくはないという美咲の意思、それは武藤幽谷の命令なのだろう。

すると、三次が言ったように、幽谷は井上の自宅を探りたいのであろうか。しかし、武士の魂たる刀を売るまでの困窮振りである。そんな井上の家を探したところで何があるというのだ。

「いや、これは筆写の邪魔をしてしまいましたな」

勘十郎は離れ座敷を出た。

渡り廊下を歩くと美咲がいた。

「何か」

勘十郎が問いかけると、

「向坂さまは何をしにいらしたのですか」

疑りの眼差しで問いかけられた。

「好美殿の供でござる」

「それだけですか」

疑いを解《と》かない美咲に、

「正直、申しますと、井上殿の筆写に興味を抱いたのですよ。興味の余り、筆写の現場を見たくなった。興味を抱くと我慢できない性分でしてな、それで、井上殿の仕事を邪魔立てするようなことをしてしまったのです。この通り、勘弁くだされ」

勘十郎は軽く頭を下げた。

それでも、美咲の表情は固いままで、

「それはよいのですが、向坂さまは、井上さまの筆写に疑念を持たれているようですね」

「疑念ではなく、あくまで興味でござる」

勘十郎は言い張った。

美咲はまだ腑に落ちないようだが、

「わかりました。そのお言葉を信じるとします。ですが、これだけは申しておきます。今後、井上さまのお仕事を邪魔なさらないでください」

「承知致した」

返事をすると美咲は去ろうとしたが、

「美咲殿の絵を見せてくださらぬか」

勘十郎は頼んだ。

美咲は向き直り、

「他人にお見せする技量にまで達しておりません」

「何も売るわけではないのです。見せるだけなら構わぬではござりませぬか」

しつこく頼むと、

「では、いずれ」

冷たく言い、美咲は去った。

五

その頃、三次は井上の家にやって来た。

がらんとした空き地にぽつんと建つ掘っ立て小屋である。

「こりゃ、ひでえな。人が住む所じゃねえや」

三次はぶつぶつと言いながら小屋の中を覗いた。出入り口は引き戸などはなく筵がかけてあるだけだ。

筵を捲り上げ中に入る。

土間に筵が敷いてある。家財などはない。小屋の隅に藁が積んである。これが寝具替わりのようだ。

「こら、益々、人の住むところじゃねえや」

天井を見上げる。

やはり、何があるわけではない。

自分の見込み違いだったのかと三次は思った。

小屋を出た。

すると、さっと、人の影が走り去った。

「なんだ」

気になって追いかけた。

男ばかりが三人、蜘蛛《くも》の子を散らすように逃げ去った。

一体、どうしたのだ。

この貧乏小屋に何があるというのだ。ありはしない。

「念のためだ」

呟くと三次はもう一度小屋の中に入った。今度はひざまずいて筵を捲り上げる。土《つち》埃《ぼこり》が立ち、むせてしまった。しばらく咳き込んでから剝き出しとなった土を調べ始めた。表面には雑草が生えている。這いつくばって手で触ってみたが、何もない。縁の下もないから、隠すにも隠す場所などなかった。

「あ、そうか」

三次は板壁に何かが隠されているのではないかと睨んだ。板壁をぽんぽんと叩く。しかし、何があるわけでもない。

板壁の隙間を見ると紙が貼ってある。

その紙を取ると何か絵が描いてあった。

「これだ」

三次はその紙を取った。次いで、近所で手に入れた読売を替わりに挟み込む。

三次は小屋から出ると、さっとその場を離れた。

離れたところで紙を広げる。したためてある絵図を見る。根津権現《ねづごんげん》裏の一本杉が描かれてあり、そこに印があった。

「やっぱりだ」

ここに財宝が隠してあるのだと三次は胸が躍った。

その日の夕方、銀杏屋の離れに、勘十郎と三次、好美が集まった。

三次は満《まん》を持《じ》したようにして誇らしげに切り出した。

「わかりましたよ」

三次は言った。

「なんだ、三公、ばかにうれしそうではないか」

勘十郎が言うと、

「これですよ。いやあ、見つけるのに苦労しましたよ」

三次は井上の住まいの壁の隙間を塞いでいた紙であったことを語り、

「この杉の木のところに印が書いてあるでしょう。ここにきっと、お宝が埋めてあるのですよ」

三次の考えに、

「そうかな」

勘十郎は笑い飛ばした。

「お笑いになっていますがね、井上さまの小屋の周りを怪しげな男たちがうろうろとしていたんですよ」

「その連中、井上殿の小屋を狙っておったのか」

「そうですよ。だって、小屋から出たあっしに見つかると、慌てて逃げていったんですからね」

「それは怪しいわね」

三次は言った。

好美が合わせた。

「だからと申してこの宝を狙っているとは限らんぞ」

勘十郎は納得できないとばかりに舌打ちをした。

「勘さま、どうしたんですよ。あっしのことを馬鹿にしているでしょう」

三次の問いかけに、

「ああ、馬鹿にしているさ」

あっけらかんと勘十郎は答えた。

渋面《じゅうめん》を作った三次を好美が庇《かば》いたてた。

「あら、勘十郎さま、それは失礼ですよ。三次殿まじめに探索をしたのですからね。ちゃんと、耳を傾けるべきです」

「その真剣さがおかしいのだ」

勘十郎は受け入れない。

「では、本当かどうか確かめに行きましょうよ」

三次は言った。

「冗談ではない」

勘十郎は否定したが、

「あっしも冗談じゃございませんよ」

あくまで三次は真剣だ。

「わたくしは行きます」

好美も申し出た。

「好美殿も物好きな」

勘十郎は呆れたように舌打ちをした。

「なら、あっしらで行きましょうか。それで、沢山のお宝を掘り当てて、山分けしましょうよ」

すっかりその気の三次に、

「そうですわね」

好美も賛同する。

三次は立ち上がった。

「仕方ないな」

ようやく勘十郎は腰を上げた。

次いで、

「好美殿は帰られよ」

と、言うと、

「行きます」

好美は抗《あらが》う。

「宝を掘り当てるのは真夜中だ。好美殿が一晩屋敷を留守にするのはまずい。北町奉行所、総出で探索という大騒ぎとなりますぞ。さすれば、好美殿は当分外出できませぬな」

勘十郎が忠告すると、さすがにそれはまずいと好美は帰っていった。

というわけで、勘十郎は三次を連れて問題の一本杉へとやって来た。幸い、星影が周囲をほの白く浮かび上がらせている。

手回しのいい三次は鋤《すき》を用意していた。

「どうせ、勘さまは手伝ってくださらないでしょうからね。あっしが掘りますよ」

三次は着物の裾を捲って帯に挟み、鋤で地べたを掘り始めた。

調子よく三次は土を掘り返す。鼻歌を歌いながらであったが、四半時《しはんとき》も過ぎると疲れが出てきてしまい、目だって動きが鈍くなる。「あ〜あ」とか「腰が痛え」とか愚痴を並べ始め、手を休めては勘十郎を恨めしげに見る。

居たたまれなくなり、勘十郎は、

「貸してみろ」

三次から鋤を奪うようにして受け取り、土を掘り返した。

さすがに武芸で鍛えただけあり、勘十郎は腰が据わり、鋤を動かすのも軽快で且《か》つ、力強い。

見る見る土を掘り起こす。三次が腹ばいとなり、土をかきわけた。

一時ほど、掘った。

しかし、宝も何もない。

白々明けとなっても、何も発見できなかった。

すると、朝の早い行商人が通りかかった。

勘十郎たちを見て、

「あれあれ、あんたらも」

と、呆れたように言った。

「どうしたんですか」

「いえね、ここ、時々、宝が埋まっているんじゃないかって、掘り返しに来る人たちがいるんですよ」

以前、ここに宝が埋まっているという読売が出回ったのだそうだ。

以来、その読売が影響してここを宝のありかとした地図が出回り、それを信じた野次馬たちがやって来るのだった。

「どうりで、土が軟らかいと思いましたよ」

三次はあっけらかんと言った。

「まったく、おまえって男は」

勘十郎は、ぽかっと三次の頭を小突いた。

銀杏屋の離れ座敷に戻った勘十郎はすっかり不機嫌である。

「勘さま、本当にすみません。何遍も謝っているじゃございませんか。勘弁してくださいよ」

三次は平謝りに謝った。

「ま、いい。ともかく、三公の推量は当て外れだということだ」

勘十郎は言った。

「面目ないこって」

三次は頭を掻く。

勘十郎はうなずいた。

三次は徒労に終わった土掘りが応えて、眠気に襲われた。しかし、勘十郎はというとつゆとも眠気を見せない。

「勘さま、お疲れでしょう。お休みになったらいかがですか」

自分も眠りたいためにそう言ったのだが、

「眠くない」

「すみません、謝っているじゃござんせんか」

「怒っておるから眠くないのではない。なんだか、清清《すがすが》しいのだ」

「清清しいですか」

三次は首を捻る。

「ああ、気分がよい」

「お疲れでしょう」

「確かに足腰や腕に疲労は残っておるが、気分はよい。まことに、心地よいのだ。いい汗を流したとでも申すか。存分に稽古をした後のようだというか」

鈍《にぶ》った身体を鍛えたようなものだと勘十郎は言い添えた。

「へえ、そりゃ、ようござんしたね」

「武士と申しても古《いにしえ》は百姓と一緒に土を掘り返しておったのだ。そうだ。怠けてはおれんな」

勘十郎は思わぬ収穫を得た気分となった。

六

「お宝でないとしますと井上さまの一件、どうなるんですかね。何も裏がないってことでしょうか」

三次が頭を抱えたところで好美がやって来た。目が期待で輝いている。三次がお宝などなかったと報告する前に、

「どれだけのお宝があったの。三浦藩、再興のためのお宝でしょうから、千両箱が一つや二つではないわよね」

「いや、それがですよ」

「それとも、書画とか骨董品もあったのかしら」

興奮して問いかける好美に、

「それがですよ、何も出てきませんでした」

三次が言うと、

「ええっ、嘘でしょう」

好美は批難を込めた目を勘十郎に向けた。

「ちゃんと、探したのですか」

いい加減にすましたのだろうとその目は言っている。

三次が、

「勘さまはそりゃもう獅子奮迅のお働きでしたよ」

と、勘十郎の奮闘ぶりを立板に水の調子、それに身振り手振りを加えて語り、話し終えた時には、

「あ〜あ、疲れた」

と、へたり込んだ。

好美はくすりと笑い、

「わかりました。あれは、とんだ法螺《ほら》であったのですね」

「元はといえば読売が書き立てた根も葉もない記事だったそうですよ。それに、欲の皮の突っ張った連中が鵜《う》の目鷹《たか》の目で掘りにやって来るそうなんですよ。ほんと、困った連中ですよ」

などと自分を棚に上げて野次馬連中を批難した。

「ほんと、人は欲に駆られると判断を誤るものですね」

好美も自分を棚に上げた。

「ですからね、井上さまの筆写の一件、何も裏なんかないいんじゃないかって思いましてね」

三次が言うと、

「きっと、そうですよ。武藤幽谷先生の気まぐれなのです。それを騒ぎ立てるなど、馬鹿馬鹿しいですわ」

一転して好美はぬけぬけと言い立てた。

「ならば、探索は打ち切りでよいな」

勘十郎が言うと、

「ええ、かまわないいんじゃないですかね」

三次は好美に確かめたが、

「でも、引っかかることがありますわよ」

と、言い出した。

三次が、

「これ以上深入りしても何も出てきやしませんよ」

と、好美に諦めさせようとしたが、

「三次殿が井上殿のお宅を探した時、うろうろしていたやくざ者、どうなったのですか」

「ああ、あの連中は関係ないでしょう」

さらりと三次は言ってのけたが、

「無関係と、どうしてわかるのですか」

叱責するように好美は問いかけた。

「いや、そりゃ、あんなあばら家、何も狙うものなんかありませんや。実際、あの絵図はとんだ贋物だったんですからね」

「でもですよ、勘十郎さまのお話ですと、女絵師……美咲殿は井上さまが自宅に帰るのを止めていたとか」

好美の言葉を受け、

「ああ、そうですよ。美咲って女絵師は井上さまを帰さない。その自宅をやくざ者は伺っていた。きっと、何かありますよ。決まっていますよ」

つくづく影響されやすい三次は言った。

「勘十郎さま、もう一度、調べ直しましょうよ」

言い出したらきかない好美ゆえ、勘十郎が応じないわけにはいかない。

「わかった」

勘十郎は承知した。

その時、どっと疲れが押し寄せてきた。

「すまんが、一眠りさせてくれ」

好美と三次の答えを待つことなく、勘十郎はごろんと横になった。

昼下がり、勘十郎は起きた。

「勘さま、出かけますか」

三次は張り切った。

「おれ、一人で行く」

勘十郎は言った。

「そりゃ、つれないや」

三次は顔を歪めたが、ほっとしてもいる。

「武藤先生のお屋敷に行かれるんですね」

「いや、井上殿の家を訪ねるとする」

勘十郎は言った。

「やっぱり、お供しますよ」

三次は言ったが、

「よい」

素っ気なく返し、勘十郎は立ち上がった。そのまま階を下りたため、

「鑓……鑓をお忘れですよ」

三次は声をかけたが、

「鑓は必要ない」

勘十郎は右手をひらひらと振って足早に立ち去った。

夕暮れ、勘十郎は井上の家にやって来た。手には五合徳利を持っている。

垂れ下がった筵越しに、

「御免、向坂でござる」

勘十郎は声をかけた。

「どうぞ」

井上の声が返された。

家の中に入る。筵敷きに井上はあぐらをかいていた。勘十郎が五合徳利を掲《かか》げると井上の目元が緩んだ。

「いやあ、すみませぬな」

と、井上は縁《ふち》の欠けた湯呑を二つ用意した。

「肴も適当なものがなくて。拙者、指を舐めても飲めるくらいの呑ん兵衛ですので」

恥じ入るように笑みを浮かべた。

「なんの、拙者も同じでござる」

勘十郎は言った。

二人はしばし、酒を楽しんだ。

「筆写のお仕事は順調でござるか」

勘十郎の問いかけに、

「そうですな。あとどれくらいでできるのか。まあ、焦らずともよいと幽谷先生の言葉に甘えてやっておりますよ」

井上は言った。

その表情には何の陰もない。

すると、

「ちょいと、御免よ」

伝法《でんぽう》な物言いでやくざ者が二人入って来た。勘十郎を見て目を吊り上げたが、

「何度来てもな、答えは同じだぞ」

井上は邪険に言った。

「それじゃ困るんですよ。井上さんだけですよ」

やくざ者は言った。

「そんなことを言われてもな」

井上は横を向いた。

「出て行ってくださらねえと、力ずくってことになりますよ」

やくざ者は脅しにかかった。

「今日のところは客人もいらしているんだ。帰ってくれ」

井上は言った。

やくざ者は躊躇《ちゅうちょ》していたが、

「わかりましたよ」

勘十郎に遠慮してか不満たっぷりの様子で出ていった。

勘十郎が井上に視線を向けると、

「いやあ、実は退《ど》けと言われておるのです」

井上は言った。

「まさか、ここ、やくざ者の土地なのですかな」

勘十郎の問いかけに、

「そうじゃないのですが、あるお寺の土地なのですよ」

寺の土地であったが、ここに誰ともなく住み着くようになり、寺としては迷惑になった。そこで、やくざ者に頼んで立ち退かせているのだという。三次が見かけたやくざ者の素性がわかった。

「ここに居つく必要はあるのですか」

勘十郎が問うと、

「他に行く当てはないですからな」

「しかし、筆写の代金が入ったでしょう」

「それゆえ、立ち退いてもいいのですが、もう、こうなったら、半分は意地みたいなものですな」

はははと井上は笑った。

「相手はやくざ者、意地を通すとどんな嫌がらせをするかわかりませんぞ。適当に立ち退き、もっと、よい住まいに移られたらいかがかな」

勘十郎の忠告に、

「いや、よくぞ、おっしゃってくださった。考えてみれば、意地を張ることもないのですからな」

井上も受け入れた。

「余計なお世話を申した」

勘十郎は言った。

「いやいや、向坂殿に言われ、わしも吹っ切れましたよ。考えてみれば、ここに居座ることもないわけですからな」

井上は美味そうに酒を飲んだ。

五合徳利が空になった。勘十郎は追加の酒を買ってくると言ったが、

「いや、今日はやめておきます。これ以上飲んだら、悪酔いしますからな」

井上はがははと笑った。

三次が井上の悪酔いに苦労したことを勘十郎は思い出した。

その後、事件は思いもかけない展開を見せた。

八日の朝、井上の亡骸《なきがら》が見つかったのだ。

井上は自宅で胸を刺されていた。町奉行所は、井上に立ち退きを迫っていたやくざ者の仕業だとして彼らを捕縛した。

もやもやと気が晴れない日々が過ぎた、弥生《やよい》十一日の昼下がり、思いがけない女性が萬相談所を訪れた。

三次は留守で勘十郎一人が応対した。

女性は武藤幽谷の弟子、美咲である。美咲は一礼すると、

「江戸を離れ、国許に戻ることになりました」

と、挨拶をした。

「ほう、お国許はどちらですかな」

勘十郎の問いかけに美咲はしっかりと答えた。

「相州三浦でございます」

「相州三浦……井上殿と同じですな」

疑念を込めて勘十郎は確かめた。美咲は臆《おく》することなく、

「井上はわが父の仇《かたき》でございました」

勘十郎は美咲を見返し、無言で話の続きを促した。

「父は三浦藩のお抱え絵師でございました。五年前、改易になった際、井上は酒に酔い乱暴を働きました。日頃、祐筆として窮屈な暮らしを強《し》いられてきた鬱憤《うっぷん》が藩の改易で噴出したのだと思います」

城内が混乱する中、酔った井上は行き会った美咲の父に絡み、絵を描かせようとした。

「父は断りました。すると、井上は逆上し……」

気丈に語っていた美咲であったが、ここで言葉を詰まらせた。

井上は悪酔いしたのだろう。三次相手に安酒場で醜態を晒したように、我を失い泥酔して美咲の父を斬殺したに違いない。

三浦藩の藩士は散り散りになり、井上の行方もわからなくなった。美咲は父のよう

な絵師になろうと江戸に出て武藤幽谷に弟子入りした。

「五年間、父の死を忘れようと必死で絵の修業に没頭しました」

ところが、一月《ひとつき》ほど前、武藤の屋敷近くの空き地に建つ掘っ立て小屋に井上が住んでいるのがわかった。

「美咲殿は井上を誘い出すべくあのような奇妙な募集を企てたのですな」

勘十郎の問いかけに美咲は首を縦に振り、

「幽谷先生はやくざ者があの空き地から井上を立ち退かせようとしていることをご存じでした。やくざ者に立ち退きを頼んだお寺の住職と懇意にしているからです」

幽谷は美咲のために一計を案じ、白髪頭の男を募集することにした。幽谷は茶目っ気があり、白髪頭の男に百人一首と源氏物語を筆写させるという謎めいた仕事を喜んだ。世間では興味を持つ者がおり、様々な憶測をするだろうと、嬉々としていたそうだ。

まんまと、好美と三次が引っかかり、ありもしないお宝探しに惑わされたというわけだ。

「井上が筆を自宅に忘れたことがありましたな。その時、家に帰らせなかったのはどうしてですか」

「あれも幽谷先生の趣向でした。井上に家を空けさせる、そうすれば井上の家に秘宝があると邪推する者が現れようと」

美咲の言葉は好美と三次の行動が裏付けてしまった。

「向坂さま、三浦へ帰ると申しましたが、わたくしを御奉行所へ突き出されますか」

美咲は勘十郎の目をじっと見た。

「さて、何の咎《とが》で奉行所に突き出さねばならぬのかな」

「わたくしは罪を白状致しました」

「白状したのは白髪頭の男に百人一首と源氏物語を筆写させる趣向、偶々《たまたま》、採用された井上何某が美咲殿の父を殺めたということ。美咲殿が井上を殺したとは聞いておらぬ」

「それは言わずもがなです。わたくしは五日の夜……」

「帰ってくだされ。用を思い出した。おれはこれでも多忙でな」

勘十郎は立ち上がった。

美咲は勘十郎を見上げた。

「井上殺しの下手人は既に奉行所が捕縛しておる」

そう告げると勘十郎は離れ座敷を出て行こうとした。

「向坂さま……いつか、絵をお見せすると申しましたな。これを差し上げます。どうぞ、お受け取りください」

美咲は懐中から一枚の絵を取り出した。

凜《りん》と立つ茶筅髷が鮮やかな勘十郎の絵である。なんと、勘十郎は甲冑《かっちゅう》を身にまとい十文字鑓を手に仁王立ちしていた。

戦国の世に生まれていたら、まさしくこのような武者として戦場を疾駆していただろう。

「かたじけない」

勘十郎は深く感謝し受け取った。

その後、井上殺しの下手人として捕らえられたやくざ者は濡れ衣とわかって解き放たれた。真の下手人は不明だが、奉行所は行きずりの犯行と見て、探索を再開する気はないようだ。

第四話　助《すけ》っ人《と》勘十郎

一

葉桜の時節となった弥生十五日の昼下がり、

「若……若はおられるか」

大きな声と共に老齢の武士が入って来た。

羽織、袴に身を包み、髪は真っ白、垂れ下がった眉も白い。無数の皺《しわ》が刻まれた面《おも》差《ざ》しは思いの外《ほか》に肌艶はいい。

やや背筋が曲がっているものの、かくしゃくとした様子である蜂谷柿右衛門《はちやかきえもん》、向坂家の用人にして勘十郎の守役であった。口うるさく、酒が入ると話が長くなるとあって勘十郎は苦手にしている。ただ、祖父の鑓持ちで従軍した大坂の陣の話だけは、心躍らせて聞いたものだ。

「こりゃ、蜂谷さま、ようこそおいでくださいました」

三次が出迎えたものの勘十郎は不在である。

「あいにく、勘さまはお留守なんですよ」

困った顔で三次が言うと、

「何時《いつ》、戻られるのじゃ」

柿右衛門は階を上がり濡れ縁に立つ。三次がわかりませんと返事をする前に、

「待たせてもらうぞ」

座敷に入りどっかと座ると、大刀を鞘《さや》ごと抜いて右脇に置いた。

「何時になるかわかりませんよ」

柿右衛門と二人になるのを避けたい三次の期待も虚しく、

「かまわん」

動ずることなく、柿右衛門は腕を組んだ。

三次はお茶と草団子を用意した。礼も言わず柿右衛門はお茶を一口飲み、

「温《ぬる》いぞ。淹《い》れ直せ」

無遠慮に命じた。

三次は心の内で毒づきながら応じた。湯気が立ち上る鉄瓶から湯を急須《きゅうす》に移し茶碗に注いだ。それを出すと、

「あ、熱い……なんだ、おい、舌が焼けたではないか」

またも柿右衛門は文句を言い立てた。めんどくさい爺さんから逃れようと、

「冷ましてからお飲みになってください」

素早く座敷を出て階を降りた。柿右衛門を見上げ、

「勘さまを探してまいりますよ」

「行く先がわかっておるのなら、わしがそちらに出向くぞ」

柿右衛門は腰を浮かした。

勘十郎の行き先など知らない。探す当てなどないのだが、柿右衛門と顔を合わせているのは耐えられない。

「いえ、あっしが行ってきますよ」

柿右衛門の返事を待たず、三次はそそくさと裏木戸から出て行った。

一人、残された柿右衛門は憮然と腕を組んだ。

四半時ほど経過したところで、裏木戸から中年の男が入って来た。胸元がはだけた、

だらしない着こなしである。のっぺりとした顔つきでぎろっとした目つきが悪く堅気には見えない。やくざ者といった様子だ。柿右衛門を見上げ、

「なんだ、思ったよりも年寄りだな」

と、独りごとを言ったつもりのようだが、

「年寄りとは失礼な！」

柿右衛門は顔を真っ赤して怒鳴った。

男は慌てて頭を下げ、

「こりゃ、どうも、すみません。こちら向坂勘十郎先生の萬相談所でござんすね」

「だったらどうした」

不機嫌に柿右衛門は返した。

男は辞を低くして、

「あっしは浅草の風雷門前《ふうらいもんぜん》で一家を構えております、丑松《うしまつ》ってけちな野郎でござんす」

「けちだと。ならば、相談には乗れんな。帰れ」

柿右衛門は右手をひらひらと振った。丑松は目を白黒させて、

「いや、そういう意味じゃなくてですよ……」

「けちに別の意味があると申すのか」

「いや、その、それは……何て言いますかね、あっしらの決まり文句みたいなもんでして、金はちゃんとお支払いしますので」

嘘じゃないと丑松は懐から財布を取り出した。次いで柿右衛門がうなずくと、

「では、ちょっと失礼します」

と、階を上り濡れ縁に立った。

「そこから中に入るな」

ぴしゃりと柿右衛門は声をかけた。丑松は恐縮して正座をした。

「おまえのようなやくざ者が相談とは、ろくな用件ではなかろうな」

柿右衛門は渋い顔をした。

顔が赤黒く膨れ、勘十郎が言う渋柿《しぶがき》という二つ名がぴったりとなった。

「人聞きの悪いことをおっしゃらないでくださいよ」

「ならば、よいことなのか。人助けの相談なのか、世のため人のためになるのか」

責めるような口調で柿右衛門が問い詰める。丑松は頭を掻きながら答えた。

「喧嘩の助《すけ》っ人《と》をお願いしたいんですよ」

「まったく、おまえらは、どうしようもないな」

柿右衛門は渋面を深めた。渋柿が熟したかのようだ。

「ですが、向坂先生は萬相談を引き受けてくださるんですよね。でしたら、喧嘩の助っ人もお願いできませんか。聞くところによりますと、向坂先生はそりゃもう、すげえ武芸者だって……ですんで、どうか、お願いします。この通りです」

丑松は両手を合わせた。

「わしに頼まれてもしかたがないな」

柿右衛門は首を左右に振った。

「わしにって……」

丑松は首を傾げる。

「わしではなく、若に頼め。もっともわしは引き受けることに反対するがな」

柿右衛門は言った。

「若って……」

丑松はきょとんとした。

「決まっておろう、向坂勘十郎さまだ。おまえ、若に相談にやって来たのじゃろうが」

「あの……では、あなたさまは……」

「わしは、向坂家の用人、蜂谷柿右衛門じゃ」

えへんと柿右衛門は咳払いをした。

「それを早く……」

早く言ってくれという言葉を丑松は呑み込んだのだろう。咽喉仏《のどぼとけ》がごくりと動く。

「じゃあ、向坂先生はお留守ですか」

「そうじゃ。わしもこうして待っておる」

しゃあしゃあと柿右衛門は言ってのける。

「じゃ、出直すとしますよ」

憮然と丑松が立ち上がったところで、噂をすれば影、

「なんだ、爺《じい》」

勘十郎が帰って来た。

「若、待っておりましたぞ」

柿右衛門も腰を上げると、

「向坂先生ですか」

丑松は深々と頭を下げた。

すると、柿右衛門が、

「おい、寅《とら》松」

　と、丑松を間違って呼ばわった。

「いや、あっしは寅じゃなくって丑松でござんすがね」

　丑松は訂正したが、

「丑でも寅でもよい。ともかく、若と大事な話があるゆえ、出直して参れ。さあ、早く出て行くのじゃ」

　柿右衛門は丑松を邪険に追い立てた。丑松はぶつぶつ文句を並べながらも逆らわずに帰っていった。

　勘十郎は座敷に上がり、

「三公は」

　と、見回した。

「若を探しに出かけましたぞ」

　柿右衛門は言った。

　ふ〜んと呟いてから勘十郎は、

「それで、何の用だ」

　と、柿右衛門に問いかけた。

「賭場《とば》を摘発して欲しいのでござる」

柿右衛門は大真面目な顔になった。

「賭場、そんなもの、町奉行所に任せればいいだろう」

「それが、総禅寺《そうぜんじ》で開帳されておるのです」

総禅寺は臨済宗《りんざいしゅう》に属し、有力な商人や大名が檀家《だんか》となっている。寺社奉行といえど、迂闊には手出しができない。

「父上が摘発したいと望んでおるのか」

「さようです」

「自分の手を汚さず、おれにやらせようとはいかにも父上らしいな」

「むろん、ただではござりません」

「銭金の問題ではない」

「向坂家に戻ることができますぞ」

「だから……おれは戻りたくはないのだ。爺、何度申したらわかる」

勘十郎は思い切り顔をしかめた。

「ですが、賭場の摘発は世のためになるのです。若、世のため人のために萬相談所を開いたのでござりましょう」

柿右衛門は説得にかかった。勘十郎は指で耳穴をほじくりながら、

「父上は何ゆえ、総禅寺の賭場を潰したがるのだ。大目付の役目ではあるまい……ああ、そうか、檀家となっておる大名の改易を企んでおるのだな」

「お察しの通りです」

柿右衛門は認めた。

「ふん、父上らしいな。で、その檀家大名は……」

「出羽《でわ》国鶴岡《つるおか》藩十万石、藤川越後守義清《ふじかわえちごのかみよしきよ》さまでござる」

「藤川越後守を父上は何ゆえ、改易に追い込みたいのだ」

「藤川さまは、抜け荷と博打によって莫大な利を得ております。得た金で軍備を充実させておるよし。用人の高木一郎太《たかぎいちろうた》が総禅寺の住職総仙《そうせん》や博徒を操っておるとか」

「ふ〜ん、その、高木何某がどんな暗躍をしておるか知らんが、徳川の世をひっくり返すとでも申すか。まさか、いくらなんでも、藤川家が天下をひっくり返せるものか。父上のことだ。そんな疑いをかけて、改易に持ち込み、鶴岡藩十万石を公儀の領地としたいのであろう」

勘十郎は疑いの目を向けた。

「そんなことはござらん」

大きく頭《かぶり》を振り、柿右衛門はこめかみに青筋を立てた。

「ともかくだ、それが天下のためと言われても、おれは乗り気にはなれんな」

勘十郎はごろんと横になった。

「若……」

困った顔を柿右衛門はした。

「父上か爺が高木を捕縛すればよいではないか」

「高木、容易に尻尾を出しませぬ。ですから、若に頼んでおるのです」

柿右衛門はどうかお願いしますとしつこく頼んできたが、

「話はすんだぞ。爺、帰れ」

横になりながら勘十郎は右手をひらひらと振った。柿右衛門は何か言いたげに首を伸ばしたが、無駄だと思ったようで小さくため息を吐き、

「わかりました。今日のところはこれで帰りますが、また参りますぞ」

「何度来ても断るだけだ。そっちで高木を捕縛しろ」

柿右衛門を見もせず、勘十郎はすげなく返した。柿右衛門は口をへの字に曲げて出ていった。

そこへ三次が戻って来て柿右衛門と出くわした。

「あ、渋柿……いや、蜂谷さま、お帰りですか。まったく、勘さま、何処《どこ》をほっつき歩いていらっしゃるんでしょうね」

「ここだ」

勘十郎が声を放った。

柿右衛門は三次を一睨みしてから足早に去った。

二

三次は離れを見上げ、

「こりゃ、すんません」

と、階を上った。柿右衛門が裏木戸から姿を消したのを横目で確かめてから、

「渋柿さま、どんなご用だったんですか」

「下らぬ用件だ」

勘十郎は中味を明かさない。

ここで、

「失礼します」

と、丑松が戻って来た。

近くにいて、銀杏屋から柿右衛門が出て行ったのを確かめたようだ。

丑松は改めて、

「向坂先生を見込んで、どうか、喧嘩の助っ人をお願いします」

と、頼み込んだ。

勘十郎にも三次にも寝耳に水の相談事だ。そこで三次が、

「喧嘩っていいますと、具体的にどんな助っ人なんですか……まあ、お上がりになって」

と、丑松を導いた。

丑松はとんとんと階を上がったものの、離れ座敷には入らず濡れ縁で正座をした。

「丑松一家が縄張りとしている、浅草寺《せんそうじ》裏の盛り場があるんです。小さな堀に囲まれていますんで、通称、丑松堀って言われていましてね、茶店や大道芸人、見世物小屋、料理屋、湯屋が軒を連ねているんですよ。東照大権現《とうしょうだいごんげん》さまがお江戸に御公儀を開かれて以来、うちのシマなんです。そんなうちのシマを荒らす奴らが出てきたんですよ」

その連中は雷《かみなり》の熊五郎《くまごろう》が率いる一家だそうだ。

「ふん、丑と熊の喧嘩か」

勘十郎は笑った。

「笑い事じゃないですよと丑松は口を尖《とが》らせてから、

「熊五郎たち、侍崩れの山賊《さんぞく》上がりとあって、荒れくれ者揃いなんでさあ」

「おまえらだってやくざではないか。腕ずくで来る奴らを腕でやり返さないでどうするのだ」

勘十郎は失笑を漏らした。

「そりゃ、そうなんですがね、何しろ、奴らは強いのなんのって。おまけに、鉄砲も持っているんですよ」

「情けないな。それで、おれに助っ人を頼もうっていうのか」

勘十郎が返したところで三次が手間賃帳を広げ、

「助っ人はですね、十両からってことになりますぜ。からってことは、十両が最低ってことでしてね。相手の数、強さで色がつきますよ」

と、立板に水の調子で告げた。

「じゅ、十両以上ですか」

丑松はぎろっとした目を丸くした。

「だって、大事な縄張りがかかっているんですよね」

三次に言われ、

「……まあ、そうなんですがね。十両ですか……はい、わかりましたぜ。今日のところは、とりあえず、五両を置いていきます」

丑松は財布から小判を五枚取り出し、畳の上に置いた。

「ありがとうございます」

三次が両手で受け取った。

「それで、喧嘩はいつ、何処でやるのだ」

勘十郎が問いかけた。

「明後日の夜明け前に、根岸《ねぎし》の総法院《そうほういん》へ殴り込みをかけます」

丑松は意気込みを示すように腕を捲った。

やくざの親分だけあって、腕は丸太のように太い。

「総法院だと……」

勘十郎はいぶかしんだ。

「勘さま、どうかなすったんで」

三次が問いかけると、

「総法院といえば、総禅寺の塔頭《たっちゅう》だな」

三次は首を傾げたが、

「そうです」

丑松は大きく首を縦に振った。

「塔頭とはいえ、山賊が棲家《すみか》としておるのか」

勘十郎が確かめる。

「熊五郎の奴ら、警護だって言っているんですよ。あいつら、表立っては総禅寺の寺男ってことになっているんです」

とんでもねえ野郎たちだと丑松は嘆いた。

「しかし、喧嘩といっても、寝込みを襲うのだろう」

勘十郎が問いかけると、

「そうですよ」

気が差すのか丑松はうつむいた。

それから、

「汚いと思われるかもしれませんがね、格好をつけている場合じゃありませんでね、とにかく討ち漏らしたくねえんですよ」

と、言い訳じみたように言い添える。

「相手は何人だ」

勘十郎の問いかけに、

「七人です」

「おまえのところは」

「あっしを入れて二十一人ですよ」

「三倍いるじゃないか」

呆れたように勘十郎は舌打ちした。

「こりゃ、いくらなんでも、助っ人はいらねえんじゃありませんか」

三次も鼻白《はなじろ》む。

「ですがね、こんなことを言っちゃあ、恥なんですがね、二十人の子分ども、からっきし弱い奴らばかりなんですよ。ところが、熊五郎一家の方はってえと、申しましたように山賊といっても侍崩れですからね。強いのなんのって。くどいようですが、鉄砲も持っていますしね」

丑松は情けないと認めながらも頼みますと頭を下げた。

「どうします、勘さま」

三次が確かめる。

「まあ、引き受けてもいいがな、但しだ、相手を半殺しまでだ。命までは取らんぞ」

勘十郎は釘を刺した。

「ええ、それでお願いしますよ。奴らを追っ払えばいいんで」

丑松は受け入れた。

三次が、

「じゃあ、明日中にあと五両、それから、手強《てごわ》い相手ということでもう十両、ですから、十五両をお願いしますよ」

と、言った。

「わかりました」

ぎろっとした目を見開き、丑松はしっかりと約束をした。

丑松が去ってから、

「なんだか、情けないやくざの親分ですね」

三次は失笑を浮かべた。

「久しぶりに暴れてやるか」

　勘十郎は大きく伸びをした。

「熊五郎って奴ら、相当な荒れくれ者みたいですね。それに、いいんですかね、寺に殴り込むなんて」

　懸念を示す三次に、

「手間賃まで取ったのだぞ」

　勘十郎が言う。

「そりゃ、そうですがね。ああ、そうだ、勘さま、総法院が総禅寺の塔頭ってことを気にしていらっしゃいましたけど、何かあるんですか」

「渋柿の爺の頼み事というのがな、総禅寺で行われている賭場を摘発してくれということだったのだ。檀家である羽州鶴岡藩十万石藤川越後守の用人、高木一郎太なる男が住職や博徒と組んで賭場を開帳しておるそうだ。高木は抜け荷にも手を染め、鶴岡藩に莫大な利をもたらしておるらしいぞ」

「へ〜え、総禅寺で賭場が開帳されているんですか。でもって、抜け荷まで。こいつは驚きましたね」

「妙なことになったものだな。熊五郎一家が賭場の用心棒だとしたら、面白いことになるというものだ」

「なら、渋柿さまに了承の返事をなさったらどうですか。渋柿さまからも報酬が頂けますぜ」

三次は手間賃をいくらにしようかと算段を始めた。

「どうも、気が進まないな」

勘十郎は不満顔になった。

「どうしてですよ、儲かりますよ」

今度は三次が不満そうだ。

「親父の意向には沿いたくはない」

勘十郎は顔を歪めた。

「そんな……いいじゃござんせんか。礼金をくださるんですよ。それにですよ、賭場の摘発は世のためですしね、丑松一家を助けることは人助けにもなるんですから。いや、丑松たちはやくざ者ですから助けてやることはござんせんが、奴らのシマの者たちは熊五郎たちに荒らされて困っているでしょうからね。立派な人助けですよ」

三次は宥めにかかった。

「ともかくだ、熊五郎という男を見てみたいものだな」

勘十郎は立ち上がった。

「総法院に行きますか」

「そうだな」

勘十郎は長押《なげし》から十文字鑓を取ろうとしてやめた。今日は争うべきではない。

「三公は、待っておれ。留守番だ」

勘十郎は言いつけて離れ座敷を出た。

半時後、根岸の総法院へとやって来た。

瀟洒な塔頭である。

練塀《ねりべい》が巡った千坪ほどの敷地は山門が開け放たれていた。この界隈では八重桜の名所として知られており、総禅寺の住職総仙の好意で参詣を兼ねた見物客を受け入れているとか。

塔と昭堂《しょうどう》を中心に方丈、庫裏《くり》、寮舎が建ち並んでいる。枯山水の庭があり、満開の時期が遅い八重桜が咲き誇っている。大勢の見物人が訪れており、勘十郎はその中に紛《まぎ》れた。

と、言っても六尺近い長身とあって、見物人の中にあってもひと際目立っている。牡丹《ぼたん》の山賊の棲家とは思えない境内にたたずんでいると、心地よい風に包まれる。

ような八重桜の花が揺れ、ほのかに匂い立っていた。枯山水の白砂に八重桜の紅が映えてもいる。

そんな心休まる境内に髭面の男たちがいた。揃って、毛皮を重ねており、いかにも山賊といった連中である。山賊刀を腰に帯びている者が二人、鑓を担いでいる者が三人、鉄砲を持っている者が二人だ。

にぎやかに言葉を交わしながら勘十郎の前を通り過ぎた。勘十郎を八重桜見物に来た者と見なしたのか、不審の目を向けてくる者はいない。熊五郎一味なのだろう。

勘十郎は彼らのやり取りに耳をそばだてた。

「さて、そろそろ、丑松も泣きを入れてくるぞ」

鉄砲を持った一人が言った。

「お頭《かしら》、その前にもう一度、奴の縄張りを荒らしてやりますか」

鑓を担いだ山賊に語りかけられた男が熊五郎のようだ。

「賭場が開かれるまで暇だしな。やってやるか……いや、そろそろ、丑松一家から縄張りを奪ってやろう。おれたちのシマにしてやる」

熊五郎は腰の太刀の鍔を鳴らした。鞘に黄金が施された豪華な拵《こしら》えだ。熊五郎の言葉を受け、

「やってやりましょう。あいつら、弱いくせして、いつまでも威張っているんですからね。何時《いつ》までも居座られちゃ、目障りですよ」

「木内《きうち》、我らの怖さは十分にシマの者たちに伝わっておる。我らのシマにするからには、餌も必要だ。でないと、みな、逃げてしまうからな」

冷静に熊五郎は言った。

「餌とおっしゃいますと」

木内の問いかけに、

「まあ、見ておれ」

にんまりとして熊五郎は歩き出した。

勘十郎は八重桜の陰から出ると浅草寺を目指した。

三

勘十郎は浅草寺裏にある丑松一家のシマ、通称丑松堀にやって来た。小さな堀が巡った二町四方の一帯に見世物小屋、茶店、料理屋、酒場などが建ち並んでいる。周囲には桜ではなく柳が植えられ、枝が風にしなっていた。

徳川の天下が定まったとはいえ、まだまだ戦国の気風が残る江戸である。野盗、山賊、辻斬りが横行している。それでも、庶民は娯楽を求める。

盛り場を町奉行所や幕府が守ってくれるはずはなく、自衛ということになるが盛り場の者たちだけで守れない。そこで、腕っ節の強いやくざ者にショバ代を渡して守ってもらうのが通常のことだ。

当然、ショバ代を払っているからには、自分たちの商いが守られなければならない。守ってくれないと不満が溢れる。今、丑松一家はその不満の声にさらされていた。

勘十郎は出入り口近くの酒場に入った。板葺き屋根の店内は剝き出しの地べたに大きな縁台が置かれている。外の様子がよく見られる位置に腰を下ろした。

程なくして雷の熊五郎が木内たち六人の手下を連れて乗り込んで来た。

熊五郎たちを恐れて、目を合わせようとしなかったり、逃げ出す者もいたが、酒場の主人は愛想笑いで語りかけ、酒を振舞って歓迎し始めた。それは熊五郎たちの乱暴を恐れてなのかもしれないが、親しげに言葉を交わす様子は満更商い上の態度ではない。

勘十郎も酒を求めた。

酒といってもどぶろくである。肴はというと、大きな鉄鍋で作られる煮込みと漬物、それに猪や雉《きじ》の焼き物であった。

煮込みは味噌仕立てである。大根や葱はわかるが、肉となると何の肉なのか判然としない。

熊五郎たちは縁台の真ん中を占拠し、

「権兵衛《ごんべえ》、いつもの、犬猫汁をもらおうか」

木内が大きな声で声をかけた。

丁度、肉片を口の中に入れた勘十郎はむせ返ってしまった。

「木内さま、人聞きの悪いこと、おっしゃらないでくださいよ。ちゃんと、猪の肉なんですから」

権兵衛と呼ばれた主人は腰を低くして言い返したが、

「丑松一家が犬や猫を捕まえてここに売りにくるって噂だぞ」

木内が笑うと、

「丑松一家、ほんとに情けねえな」

他の者たちも盛大に笑い飛ばした。

「ったくもう、雷一家のみなさま、ご冗談がお好きで」

権兵衛は媚びるような笑いを返した。

熊五郎はおもむろに財布から一両を取り出し、

「とっとけ」

と、権兵衛に渡した。

「こ、こんなには……いくらなんでも貰い過ぎでございます」

遠慮する権兵衛に、

「かまわん。近々にもわが雷一家のシマとなるのだ。わしはな、自分のシマの者は自分の身内と思っておるのだぞ。これからも、美味い酒と肴を食わせてくれ」

労《いた》わるように熊五郎は声をかけた。

「まこと、ありがたいことでございます」

権兵衛は米搗《つ》き飛蝗《ばった》のようにぺこぺこと頭を下げた。

熊五郎たちは酒場を出ると堀内を見周りに出た。勘十郎も後を追って酒場を後にする。山賊のような彼らにあちらこちらから声がかかる。シマの者たちの中には熊五郎一家を歓迎する、あるいは歓迎する振りをしている者たちがいるようだ。

すると、丑松一家と背中に白地で染めた法被《はっぴ》を着た者たちが、茶店や青物を扱っている商家の前にいる。どうやら、ショバ代を取り立てているようだ。

土間に置かれた縁台に青物を並べた店前で、

「もう少し、待ってくださいよ」

青物売りの中年女は両手で拝んで頼んでいる。

「待ってくれって、もう、三月《みつき》も溜まっているんだぜ」

丑松一家の子分は承知しない。

「明日には払います。亭主がね、病で寝込んでいたんですがね、やっと働きに出てくれたんで、今日あたり大工の手間賃が入りますからね」

「そうやって日延べばっかりじゃねえかよ……あんたの亭主、病じゃなくって飲んだくれて仕事に出なかったじゃねえか。ったく、もう。ほんとに仕事に出たのかよ」

子分は口を尖らせた。

茶店でショバ代の取りたてを終えたもう一人も加わった。

すると、

「おい、弱い者苛めはやめろ」

木内が声をかけた。

「なんだと」

子分が振り返ると熊五郎たちがずらりと横に並んでいる。子分二人は一瞬口ごもったものの、

「弱い者苛めじゃねえよ。ショバ代だ。ショバ代の取り立てをやっているんだ。どこが悪いんだよ」

　と、強がった。

「ふん、偉そうに。ショバ代というのはな、シマを守る代わりに受け取るものだぞ。シマを守れない腰砕けの丑松一家に取り立ての資格はない」

　木内は嘲笑を浴びせた。

「なんだと、手前《てめえ》らが荒らすんじゃねえか。丑松一家のシマをよ」

　子分は声を嗄《か》らして言い立てた。

「荒らされてシマを守れないんじゃ、やくざの面汚《つら》しだな。雷一家に限らず、シマを狙っている連中から守ってこその丑松一家じゃないのか」

　木内の言葉にうなずく者たちが続出した。

　いかにも正論である。やくざがシマを荒らされたら力で守るのが当たり前なのだ。丑松一家の子分たちも自分たちの分《ぶ》が悪いと思ったのか、

「けっ、今日のところは勘弁してやるぜ」

と、捨て台詞《ぜりふ》を青物売りの女に残して立ち去ろうとした。

　それを、

「待て」

それまで黙っていた熊五郎が引き止めた。

二人の足が止まり、熊五郎に向き直った。

次の瞬間、熊五郎の太刀が鞘走った。

白刃が日輪を弾《はじ》き、風を切って二人の頭上を襲う。

「ひえ」

やくざ者二人は尻餅をつき、自分たちの頭を探った。ぽとりと髷《まげ》が往来に落ちた。

不敵な笑みを浮かべ、熊五郎は太刀を鞘に納めた。黄金色の鞘が誇らしげに輝く。

二人は風を食らって逃げていった。木内たちは声を上げて笑った。悠然と熊五郎一行は歩き出す。雷の熊五郎、黄金の太刀は伊達ではないということだ。山賊の頭だけあって、相当な腕である。なるほど、丑松一家がいくら数に勝ろうと敵《かな》う相手ではない。

一行は四辻に設けられた広場に至った。大道芸を披露していた軽業師、独楽《こま》廻したちが場所を譲る。

熊五郎たちは広場に立った。

鉄砲を持っている一人が筒先を空に向けて放った。次いで、一人が火の見櫓に登る。

上り終えた者は半鐘を打ち鳴らし、

「堀の者たちは集まれ！」

大音声に叫んだ。

またも、銃声が轟く。

何事が起きたのかと続々と堀内で商いをしている者たちが集まって来た。みな、不安そうな顔で言葉を交し合った。

「静まれ！」

木内がみなを睨んだ。

みなは口を閉ざした。

「これより、お頭から話がある。心して聞け」

木内に続いて熊五郎が真ん中に立った。

「丑松堀は今日より熊五郎堀となる。ついては、わしはショバ代は一切受け取らない。熊五郎堀内では商いは勝手。戦国の世に織田信長《おだのぶなが》公がやった楽市楽座《らくいちらくざ》だ」

と、声高らかに宣言した。

みな、ぽかんと口を半開きにしたり、顔を見合わせたりしていたが、

「ほんとに、ショバ代、納めんでもええのかね」

先ほどの青物売りの女が訊いた。

「わしは嘘は申さぬ」

明確な声音で熊五郎は断じた。

途端に、やんやの喝采の声が上がった。

木内が、

「我らに不満を抱く者は構わぬ。無理には引き止めんぞ。出ていけばいい。熊五郎堀には残りたい者だけが残れ」

と、言った。

「誰が出ていくもんかね」

「そうだそうだ。丑松一家が出て行けばいいんだ」

みな、熊五郎を歓迎した。

「よし、戻れ。自分たちの商いに精を出せ」

木内は解散を告げた。

「こりゃ、丑松、分が悪いどころではないな」

勘十郎は呟いた。

総法院で熊五郎が言っていた餌とはこのことだろう。飴《あめ》と鞭《むち》で支配するというわけだ。

熊五郎の宣言によって、シマは活気づいた。店を営む者も客たちにも笑顔が戻り、明るい風が吹いた。助っ人を引き受けるのではなかったと勘十郎は思いかけたが、

「いや、そうも言えんな」

あまりにも話がうますぎる。ショバ代がいらないなど、熊五郎一家は何のために丑松一家からシマを奪うのだ。善行のためではあるまい。

権兵衛の酒場に戻った。

「おや、先ほどのお侍さま」

権兵衛の顔も明るい。

「犬猫汁が美味かったのでな。また、食べたくなった」

勘十郎が声をかけると、

「お侍さままで、よしてくださいよ」

言いながらも権兵衛は愛想笑いを振りまき、汁を椀によそった。勘十郎は受け取りながら、

「熊五郎一家、大した威勢ではないか」

「そうですな。最初はおっかなかったんですがね」

熊五郎一家が乗り込んで来たのは一月《ひとつき》ほど前、当初は酒代は踏み倒す、露店の屋台はひっくり返すと、好き勝手に乱暴を働いていたそうだ。

「それで、丑松一家ともずいぶんと揉めましてね」

しかし、シマを守るべき丑松一家が出入り禁止にしたのに、そんなことはお構いなしに大手を振って歩き、丑松一家よりもでかい面《つら》をするようになった。シマの者たちも長いものには巻かれろといわんばかりに、丑松一家を見限り、熊五郎一家になびくものが出てきた。更には、熊五郎一家のシマになった方がいいと望む者もいて、

「それが、今日の雷の親分のお言葉でみんな熊五郎一家を大歓迎ですよ」

権兵衛は言った。

四

その足で勘十郎は風雷門前の丑松一家にやって来た。

百坪ほどの一軒家で周りを板塀が囲んでいる。木戸を潜り、母屋の格子戸を開けた。

広い土間に子分たちが座っていた。

「なんだ、しょぼくれた連中ばかりだな」

勘十郎が言うと、

「何を」

「てめえ、許さねえぞ」

などといきり立って勘十郎を囲んだ。

「おい、その意気で熊五郎たちに向かってみたらどうだ」

勘十郎は目の前に立った子分の頰を平手で引っぱたいた。子分たちは気圧されて後ずさる。

「丑松を呼べ」

目を凝らし勘十郎が声をかけると子分が奥へ向かった。じきに丑松が出て来た。

勘十郎は奥の座敷に通された。

「丑松堀を見てきたぞ」

勘十郎は言った。

「そうですかい」

ばつが悪そうに呟いた。

「熊五郎一家に好き放題にされておるではないか」

「ま、今の内ですよ、奴らがのさばるのは。今日中に十五両を揃えますんでね」

頼りにしていますと丑松は勘十郎を見た。

「ところが、肝心のシマの者たち、みな、丑松一家から気持ちが離れておるようではないか」

「そんなことはありませんよ」

丑松は首を左右に振った。

「そうかな」

「なんですよ」

「熊五郎の奴、ショバ代は取らぬと宣言しおったぞ」

勘十郎が言った。

「とんでもねえ法螺《ほら》を吹きやがったもんですね。そんなこと、はったりに決まっていますよ。そんな嘘を信じるとは、シマの連中もしょうがねえ」

丑松は嘆いた。

「シマの連中はすっかり、熊五郎を歓迎しているぞ」

「だから、口車《くちぐるま》に乗せられているんですよ」

「しかしな、熊五郎の狙いは何だろうな。ショバ代がいらないというのは」

「そりゃ、シマの連中を取り込むための手ですよ」

「シマの者に嘘を吐いたと言いたいようだが、果たしてそれだけかな」
「きっとそうですよ。シマを自分のものにしてから好き放題にするに決まっています
よ。ほんとに、狡猾な野郎だ」
丑松は歯軋《はぎし》りした。
「なんとしても、残りの金をお届けしますんで、向坂先生、どうか、助っ人、お願い
しますよ」
丑松は両手を合わせた。
「引き受けたからには役目は果たす」
勘十郎は言った。
「あっしゃね、先代から受け継いだシマを守るためには命を張りますよ。シマの者た
ちは浮かれていますがね、熊五郎のシマになったら、きっと、苦労させられますぜ。
ひでえ目に遭わされるに決まっています。それが、わからねえのかな」
ぎろっとした目をむき、丑松は嘆いた。
「そう思うのならな、シマの連中にそのことをわからせろ。ぼけっとしていないで、
子分たちも熊五郎一家に及び腰となっておるぞ」
勘十郎は言った。

「情けねえ奴らですみません」

丑松は恥じ入るように頭を下げた。

夕暮れ近くになり、勘十郎は銀杏屋の離れに戻った。

「勘さま、よくぞお帰りで」

二十両が手に入るという喜びで三次は一杯である。

「熊五郎一家、既に丑松堀をわが物にしておるぞ」

勘十郎は丑松堀で見聞きしたことを語った。

「ったく、だらしのねえ連中ですね。それじゃあ、シマを取られるはずですよ。やくざってのはですよ、舐められたらお仕舞なんですから。舐められた時には、勝負ありですよ。ま、それがわかっているから丑松も勘さまに助っ人を頼んだんでしょうがね」

訳知り顔で三次はけなした。

「そんな情けない奴らでもな、熊五郎たちよりはましだろう。ショバ代の取り立てにしても、やくざにしては手緩《てぬる》い。ちゃんと、シマの者の暮らしぶりを把握している。先代からの縄張りを守ろうとしておる証だ」

勘十郎は青物売りの女に対する丑松一家のショバ代取り立てを話した。

「温情もあるってこってすね」

三次はうなずく。

「それにな、熊五郎のやり口、どうも気に食わぬ」

「やはり、怪しいですよね。いくらなんでも、ショバ代を取らないなんて、おかしいですぜ。絶対に何かよからぬことを企んでいやがりますよ」

一転して三次は熊五郎を責め立てた。

「ともかく丑松も必死で金をかき集めてくるさ。それまでは」

例によって勘十郎は昼寝することにした。


勘十郎は目を覚ました。

既に日が落ちている。三次はというと文机に突っ伏して転寝《うたたね》をしている。

「三公、丑松は来たのか」

勘十郎が尋ねると、

「それが、まだなんですよ」

と、三次は遅いなあと呟いた。

「そうか、まだか」

勘十郎はあくびをした。

「金……集まらないんじゃありませんかね」

三次が危ぶむと、

「さてな」

勘十郎は首を捻った。

「まあ、丑松もシマがかかっているんですからね」

三次は首を伸ばした。

しかし、それから一時《いっとき》も過ぎたが、丑松は現れない。

「どうします」

三次は落ち着きをなくした。

「待つしかあるまい」

勘十郎は悠然としている。

「今日のところは、あと五両で勘弁してやりますか、で、無事、シマが戻ったら、残りの金を払ってもらうってことで」

三次は妥協案を出した。

「おれはそれでも構わんぞ」

勘十郎が了承したため、

「なら、あっしがひとっ走り行ってきますよ」

三次は丑松一家に乗り込むと離れ座敷を出た。


夜の帳《とばり》が下りた浅草に三次はやって来た。

春らしく、艶めいた夜風が吹き、霞がかった空に満月が柔らかな光を放っている。

丑松一家の周りには人だかりがあった。北町奉行所の御用提灯が暗がりに滲んでいる。蔵間錦之助がいたため、

「蔵間の旦那、どうしたんですか」

と、声をかけた。

提灯に浮かぶ三次に、

「なんだ、どうしておまえこそ」

逆に問い返され、三次は丑松から助っ人を頼まれた経緯を語った。

「ほう、そうか。そりゃ、おまえや勘さまには気の毒なことになったぞ」

錦之助は丑松一家を見た。

「丑松一家、何があったんですか」

悪い予感に胸を締め付けられながら三次は問い返した。

「何者かに襲撃された。丑松と何人かの子分の亡骸は見当たらないが、子分のほとんどが殺された」

錦之助は言った。

「ええっ、……丑松は無事なんですね」

三次の問いかけに錦之助は首を左右に振り、亡骸が発見できないだけで、生死を含め所在は不明だと答えた。

三次は中に入ろうとしたが、錦之助に止められた。

「まあ、惨《むご》たらしいものだ。めった刺し、めった斬りにされておる。家の中、庭、血の海だぞ。五体揃った亡骸はましでな、首や手、足を失くした仏がごろごろとしておるのだ」

「殴り込みがあったのはいつ頃ですか」

「一時《いっとき》ほど前のようだ」

「下手人はわかっているんですよね」

目を凝らし三次は問いかけた。

「……、わからんことはないのだがな」

錦之助は歯切れが悪い。

「旦那、わかっていらっしゃるんでしょう。だって、決まっているじゃござんせんか。雷熊五郎一家の仕業だって」

三次は言った。

「ところがな、見た者がおらん。たとえ目撃したとしても、熊五郎一家を恐れて証言をせぬのだろうがな」

このあたりの者は夜ということもあり、けたたましい物音を怖がり、誰も注意を向けなかったそうだ。

「なら、丑松堀の連中に聞けばいいじゃござんせんか。熊五郎たちが丑松一家の縄張りを狙っていたのはまぎれもない本当のことなんですからね。奴らが丑松堀を奪うために、一家に殴り込んだのは当然ですよ」

三次は言い立てた。

「あいにくだがな、みな、口を揃えて熊五郎一家を歓迎しておるのだ。是非、熊五郎親分に守って頂きたいとな」

錦之助は困ったもんだと言い添えた。

すっかり、丑松堀を熊五郎たちは我が物としてしまったようだ。

「まあ、やくざ者同士の喧嘩騒ぎということで、落着だな」

錦之助は言った。

「他にもあるんじゃござんせんか。熊五郎一家を調べないわけが」

声を潜め三次が問いかけると、

「なんだと」

錦之助は睨みつけた。

「腹を割ってくださいよ。あれでしょう。熊五郎一家は総禅寺の賭場の用心棒をやっているから、町奉行所は手出しできないんじゃござんせんか」

責めるような目を三次はした。

「馬鹿者！」

錦之助は目をむいたが、

「違うんですか」

三次に責められると、咳払いをして言った。

「言いづらいことを申すな。ま、そういうことだ」

三次はため息を吐く。

「ともかくだ、これ以上は関わるな。勘さまにも言っておいてくれよ」

ばつが悪いのか早口に言い置き、錦之助は去った。

「ちぇっ」

三次は石ころを蹴飛ばした。

五

銀杏屋の離れに戻り、三次は丑松一家がみな殺しにされたようだと報告した。

「熊五郎の奴、先手を打ったか」

勘十郎は唇を嚙んだ。

「熊五郎の奴、とんでもねえですよ。これで、あいつらの思うがままですね」

三次は残念がった。

勘十郎も憮然としている。

「このままじゃ、すまされませんぜ」

三次は意気込んだ。

「ともかくだ。あいつら、熊五郎一家がやることを見定めるとするぞ」

勘十郎は言った。

あくる十六日から、熊五郎一家が丑松堀を自分の縄張りとした。広場には高札を掲げ、ショバ代は免除したと記してある。

勘十郎は権兵衛の酒場にやって来た。

「これは、またのお越しでありがとうございます」

権兵衛は揉み手をして迎えた。

「昨晩、丑松一家が殴り込みをかけられ、子分の大半が殺されたそうだな。丑松の行方もわからぬとか」

勘十郎が話題を向けると、

「そのようで……怖いことでございます」

勘十郎から視線をそらし、権兵衛は怖気《おぞけ》を震《ふる》った。

「やったのは熊五郎一家だな」

当然のように勘十郎が問いかけると、

「さて……」

権兵衛は曖昧に言葉を濁した。

「他には考えられんではないか」

「手前にはわかりません」

「決まっておるではないか。二十人の子分が詰める一家に殴り込みをかけるなど、この界隈にそんな強い者どもは熊五郎一家の他にはおるまい」

「手前に申されましても、どうのこうのとは申し上げられません。ただ、雷の親分に丑松一家を皆殺しにするわけは見当たりませんよ。だって、このシマは事実上、熊五郎一家のものだったのですからね。丑松一家に勝ち目はありませんでした。わざわざ、殴り込みをかけて殺すことはないでしょう」

権兵衛は上目遣いになって答えた。

「それはそうだな」

一応、勘十郎は賛同した。

権兵衛の主張は的外れではない。丑松が自分を雇い、殴り込みをかけようなどと企てていたとはシマの者は知らなかっただろう。

すると、熊五郎一味は知っていたのだろうか。助っ人が誰だかはわからなかったとしても、助っ人を雇って丑松一家が殴り込みをかけてくると察知したのかもしれない。

それなら、その前に災いの種を摘んでおこうと殴り込んだとしてもおかしくはない。

誰が、そんなことを。

勘十郎は酒場を出ると熊五郎堀となったシマを見て回った。

みな、活気づいている。

丑松一家が殺されたことを話題にする者はいない。

すると、高札に用心棒募集と書いてある。日当百文、飲み食いつきとある。悪くはない話だ。

すると、木内がこちらに歩いて来た。

勘十郎がすれ違うと、

「おまえ、牢人か」

と、横柄に声をかけてきた。

「いかにも」

勘十郎が答えると、

「仕官先を求めておるのか」

木内は言った。

「いや、そんな気はない」

「ならば、金を稼ぎたいとは思わぬか」

「大いに稼ぎたいな」

「ならば、用心棒に雇ってやってもよいぞ」

木内は言った。

「そりゃ、ありがたいな。しかし、用心棒を雇う金は何処から出るのだ」

勘十郎が問いかけると、

「決まっておる。雷の熊五郎親分だ」

当然のように木内が答えた。

「しかし、熊五郎一家はここでショバ代を取らないのであろう」

「そうだ」

「だったら、どうやって用心棒代など捻出するのだ」

勘十郎は詰め寄った。

「それは、貴殿が知らずともよいことだ。金の出所よりも、金そのものに興味を持った方がよい。出所が何処であろうが、天下の通用、銭金に名前や色がついておるわけではない」

木内は冷然と言い放った。

「ところがな、おれはお節介な男というか、何事にも興味の虫が疼《うず》いてしまうのだよ」

勘十郎はニヤリとした。

「ふ～ん、ま、好き好きだがな。用心棒になる気があったら、今日の夕方、ここの広場に来い」

木内は立ち去ろうとした。それを勘十郎は引き止めて、

「このシマを守っていた丑松一家、

「そのようだな。あいつらは、このシマを守れもせずにショバ代を取っていた。役立たずだ。いわば、人の生き血を吸う蛭《ひる》だ。殺されて当然だ」

という木内の言い分に、

「厳しいことを言うな」

勘十郎は失笑を漏らした。

心外とばかりに木内は語調を強め、

「そんな役立たずの奴らなんぞ、気に病むことはないぞ」

「そうかな……どうもおれは気にしなくてはいられない性分だ」

勘十郎はうなずいた。

「そんなことはどうでもいい。貴殿も用心棒になりたかったら、余計な詮索はしない

ことだ」

最早問答無用とばかりに木内はくるりと背中を向け、歩き出した。

熊五郎堀から外に出た。

釈然としない心持ちで歩いていると、

「旦那、恵んでくだせえよ」

と、物乞いが近寄って来た。

ぼろ着を身にまとい、醬油で煮しめたような手拭で頰被りをしている。手足は泥にまみれ、裸足であった。

「もっていけ」

十文をくれてやると、

「向坂の旦那」

と、物乞いは声を潜めた。

勘十郎は見返した。手拭に覆われた顔にぎろっとした目が覗いた。

「丑松……」

勘十郎が問い返すと丑松は口に指を立てて、

「すんません、後で銀杏屋に行きます」

と、言い、

「おありがとうございます」

大きな声で礼を言って立ち去った。


半時後、銀杏屋に丑松が尋ねて来た。

「ええっ、あんた……ゆ、幽霊か」

三次は驚きの顔をしたが、

「正真正銘の丑松でござんすよ」

丑松は手拭を取り去った。

「勘さま、こいつ」

三次は丑松を指差し、勘十郎に言った。

勘十郎は、

「丑松、まあ、上がれ」

と、手招きをした。

「おっと、いけねえ。ちょいと、待ってな」

三次は盥《たらい》に井戸水を汲み、布切れを添えて差し出した。丑松は階に腰かけ、足を拭く。その様子を見ながら、

「まだ、踵《かかと》が汚れているよ。左足は指を拭いていねえし」

三次が口うるさく注意をし、念入りに汚れを落とさせてから座敷に上げた。


「やられました」

丑松は頭を下げた。

「おまえは、どうしていたのだ」

勘十郎が問いかけると、

「金を集めに出かけていたんですよ」

「なんだ、その様《ざま》は」

勘十郎が問いを重ねる。

「ですからね、小銭を稼ごうと思いましてね、物乞いのふりまでしたんですって」

すると、三次が、

「物乞いじゃいくらも集まらないだろうが」

と、非難めいた言葉を発した。

「そうなんすがね、それが、ここは丑松一家のやって来たところなんでさあ」

心持ち誇らしそうに丑松は言った。

「というと、どういうこって」

三次が首を捻った。

「丑松一家はね、物乞いを束《たば》ねていたんですよ」

浅草から両国にかけての物乞いを丑松一家は束ねていたのだそうだ。

「連中、物乞いで食えない時にはですよ、あっしはですよ、飯を食わせてやっていたんですよ。なに、正直に言いますとね、何も施しばかりじゃねえんですよ。物乞いっても奴らはですよ、あれで役に立つことがあるんです。といいますのはね、色々と面白いネタを仕込んでくるんですよ」

丑松は言った。

「へえ、そりゃ、面白そうですね」

三次が興味を示した。

「ですからね、面白いネタの中には、大店の旦那の浮気とか、どこそこの役人と親しいとか、世に出たらまずい醜聞もあるんですよ」

「あんた、それをゆすりのネタにしていたってこってすか」

三次が問いかけると、

「実はそういうこともやりました」

丑松は認めた。

「それで、しのぎにしていたんですね」

「ええ、まあ。結構、馬鹿にならねえ、金を稼げますんでね」

情けねえことにと丑松は言った。

「それで、物乞いに金を借りようとしたのか」

勘十郎が問いかけた。

「それしか、借りる先がないんでね」

丑松は昨晩、物乞いたちを回り、ゆすりで得た金を回収して回ったのだそうだ。

「その間に熊五郎の奴に襲われてしまいまして」

丑松はうなだれた。

「そら、気の毒でしたね」

三次は同情した。

六

「ですからね、旦那、こんだけしか集まらなかったんですが、何とか引き受けて頂けませんか」

丑松はかき集めたという二両を畳に置いた。三次は遠慮がちに勘十郎を見る。

「物乞いから金は取れぬ。ひとつ、施してやろうか」

勘十郎の言葉に目を白黒させていたが、

「ありがとうございます」

丑松は両手をついた。

「それでだ、おれはどうしても熊五郎一味の狙いが気にかかる。あのシマをおまえたちから奪い取ったのは、何も善行のためではあるまい。なんだと思う」

勘十郎が問いかけると、

「はっきりとはわかりませんがね、抜け荷が関係していると思うのですよ」

「抜け荷か……」

柿右衛門の相談事が思い出される。鶴岡藩藤川越後守の用人、高木一郎太は総禅寺の住職総仙や博徒を操り、賭場と抜け荷で儲けていると。賭場は雷の熊五郎一味が開帳しているとして、抜け荷はどうなっているのだ。抜け荷品はどうやって捌《さば》いているのだろうか。

総法院で売り捌いているのだろうが、万が一賭場が摘発された場合、抜け荷までも没収される危険を高木は考えているのではないか。

「具体的にはわかりませんがね、物乞い連中は抜け荷について熊五郎一家の連中が話しているのを耳にしていますんでね」

丑松は言った。

「そうか、そういうことか」

勘十郎は納得したように一人、うなずく。

三次が、

「ちょいと、勘さま、一人だけわかっていないで、あっしらにも教えてくださいよ」

と、すねたように語りかける。

勘十郎はおもむろに、

「熊五郎一味が棲家にしているのはな、総禅寺の塔頭、総禅寺の大檀家は出羽国鶴岡藩だ。話してやっただろう。鶴岡藩には抜け荷の疑いがあると。用人の高木何某が暗躍しておると渋柿が言っておったではないか」

「ああ、そうでしたね」

三次は手を叩いた。

「鶴岡藩の手先となって熊五郎一味は熊五郎堀で抜け荷を捌こうとしているのではないか」

勘十郎の考えを受け、

「するってえと、堀の中に抜け荷を捌く、家を用意するってことですかね。でもね、いくら、町奉行所が巡回しないからって抜け荷を扱ったとなったら、ただじゃおかれませんよ」

三次が問いかけると、

「だからだ。総禅寺では賭場が開かれている。その賭場は、大金が賭けられるそうだ。つまりだ、金を持った連中が出入りしているのだ。ところが、最近、総法院を摘発しようという動きがある。大量の抜け荷を運び込むのはまずい」

勘十郎は考えを述べた。

「それで、縄張りを奪いやがったのか。許せねえ。ショバ代がいらないはずだぜ」

丑松は悔しがった。

「勘さま、どうしますか」

三次も怒りの炎に焦がされているようだ。

「抜け荷ごと、奴らを叩き潰してやる」

勘十郎は言った。


三日後の十九日、勘十郎は熊五郎堀にやって来た。

広場だったところに、急拵えではあるが、六角形をした御堂のような建物が建っている。どこかで見たことがあると思っていたら、総法院にあった御堂である。それを移築したようだ。

その周りには立ち入りを禁じた高札が立っていた。

高札には他に、暮れ六つを以《も》って堀の営業は終えること、それ以降は全ての者は堀から立ち去るように命じてあった。

ずいぶんと厳しい法度《はっと》のようである。

権兵衛の酒場を覗いた。

権兵衛は冴えない顔つきとなっている。

「高札を見たぞ」

勘十郎が言うと、

「そうなんですよ」

権兵衛は顔をしかめた。

「暮れ六つで商いは終わりとはな」

「ええ、そうなんですよ」

「酒場は例外ではないのか」

「それが、酒場も例外ではなくてですね、これから稼ごうというのに、追い出されてしまうわけですよ」

「不満を言い立てる者もおるだろうな」

「ええ、まあ」

いかにも不満を含んだような顔で権兵衛は言った。

「ここで商いをしている連中の中には店で寝泊りをしている者もいましてね、そうした連中は長屋を借りなきゃいけなくなったんで。家賃の負担は大きいですからね。それと、物乞い連中ですよ」

堀から物乞いは追い出された。

「物乞い連中、夜になると、堀の中にやって来て、店の中にねぐらを求めていたんですよ。それができなくなりましたんでね」

権兵衛は嘆いた。

これでは、ショバ代は取られず、自由な商いはできるが、丑松一家の時より暮らしは厳しくなってしまった。

「でもね、逆らうわけにはいきませんしね。弱い者は従うしかありませんよ」

しんみりと権兵衛はぼやいた。

「丑松の時の方がよかったんだな」

「大きな声じゃ言えませんがね」

権兵衛が言った途端に木内がやって来た。

「これは、どうも、お見回り、お疲れさまでございます」

権兵衛は揉み手をした。

「息災《そくさい》か」

「お陰さまで」

「何か困ったことはないか」

「はい」

「くれぐれも申すが、暮れ六つを過ぎたら商いを終え、すみやかに堀から出てゆくのだぞ。居残っておる者は堀では商いができぬ。そのこと、忘れるな」

きつく釘を刺すと、木内は勘十郎をちらっと見た。

「御堂の用心棒、頼むぞ」

木内に言われ、

「あの御堂は何だ」

勘十郎が問いかけると、

「あれは、この堀の安寧《あんねい》を祈禱《きとう》する御堂だ」

大真面目に木内は答えた。

「祈禱所か、偉い坊主が来るのか」

「そうだ。よって、貴殿、しっかりと守ってくれよ」

「ところで、高札を見たのだがな、ショバ代はいらないというのはともかく、暮れ六つを以って商いをやめ、堀から出て行けというのは、ちと、厳しいのではないか」

「そんなことはない」

「しかし、この堀で寝泊りをしておる者もおるぞ」

「堀の外に住み、堀の内は商いのみの場とするに限るのだ」

「暮れ六つを過ぎて、この堀の中に人が出入りしておっては不都合なことがあるのか」

　勘十郎は口を皮肉げに曲げた。意外にも木内は、

「あるぞ」

　と、認めた。

「ほほう、何だ」

　笑みを深め勘十郎は問いかけた。

「火事だ。夜はな、どうしても火を使う。酒が入れば火事の不始末が起きるものだ。ましてや、物乞いどもが堀にやって来てはな、火の不始末が起きるのだ」

　もっともらしいことを言い立てた。

「丑松一家は火の用心の夜回りをしておったそうだぞ。それで、火事を起こさなかったのだぞ」

　勘十郎が言うと、

「どうした、貴殿、馬鹿に真剣な物言いをするではないか」

「いや、それほど、暮れ六つ以降の人の出入りを厳しくするのはなぜだと疑問に感じたものでな」

「ともかく、御堂の用心棒を頼むぞ」

木内が言うと、

「任せろ」

勘十郎は十文字鑓を手で持った。

「おお、鑓か。これは頼もしいな」

木内は目を細め、立ち去った。

「火の用心のためだとよ」

勘十郎が声をかけると、

「お侍さまがおっしゃったように丑松一家のみなさんは、まめに火の用心の夜回りをしてくださいましたんでね。手前どもも、注意しながら商いをやったもんですよ」

権兵衛は懐かしむように言った。

あちこちの店から楽しげな声が聞こえてくる。

「しかし、みな、喜んで商いに精を出しておるではないか」

勘十郎が問いかけると、

「あれはですね、そうしないとお咎めがあるんですよ」

権兵衛は顔をしかめた。

木内たちが見回り、商家を覗き、笑顔でいること、楽しげな声を発することを義務づけているのだとか。

そういえば、みな、笑顔を取り繕っているように見える。

どうやら、熊五郎堀は見かけとは大違いのぎすぎすとした雰囲気のようだ。

「今、丑松一家がここを縄張りとしたらどうだろうな、みな、喜ぶか」

「喜ぶでしょうね。丑松親分には悪いことをしたって、悔やんでいる者もいます。そういう、手前も丑松親分に戻ってきて欲しいですよ」

心の底から権兵衛は願っているような顔をした。

七

その晩、人気《ひとけ》のなくなった熊五郎堀の御堂前に勘十郎は立っている。警護の役目を担っているのだ。

朧月《おぼろづき》が十文字鑓の穂と左右に付き出た鉤の交わりに刻まれた葵の御紋をくっきりと浮かび上がらせていた。ほのかに明るく、篝火《かがりび》が焚《た》かれ御堂を幻影的に浮かび上がらせている。

やがて、駕籠がつけられ堀の中に入って来た。それを警護するように、熊五郎たちが駕籠の周囲を囲んでいる。駕籠は御堂の前につけられ、錦の袈裟に包まれた年配の僧侶が出て来た。総禅寺の住職、総仙であろう。

案の定、木内が総仙さまだと勘十郎の耳元で囁いた。総仙は御堂の中に入っていった。

続いてぞろぞろと男たちが続いた。

木内に何者だと問いかけると、

「檀家衆だ」

木内は答えた。

中には身形《みなり》のいい侍もいる。

鶴岡藩藤川家の用人、高木一郎太に違いない。

「檀家衆の入った御堂の中で何が始まるんかな」

勘十郎の問いかけに、

「総仙さまの法話と祈禱だ」

真顔で木内は答えた。

「ふ〜ん」

と、うなずく。

続いて長持《ながもち》がいくつも運び込まれてきた。

「あれは、何だ」

今度の問いかけには、

「御堂の中の調度の類だ」

木内は眉ひとつ動かさずに言った。

それから、

「貴殿、堀の中を見回ってくれ。まだ、堀を去らない者や堀の外からここに入り込んで来る者がいないか、いたら、追い出してくだされ」

木内の依頼を、

「承知」

勘十郎は引き受け、堀の中をゆっくりと見回った。

提灯を片手に商家の一軒、一軒を覗く。

不審な者は見受けられない。

よほど、熊五郎一家が怖いのだろう。権兵衛の酒場も覗いた。

提灯で店内が浮かぶ。鍋の火は消されている。

すると、簾《すだれ》がかすかに動いた。

提灯を向ける。簾の隙間から、

「あたしですよ」

丑松の声がした。

目を凝らすと、丑松の他にも数人が蠢《うごめ》いている。

「子分たちです」

丑松に言われ、子分たちは頭を下げた。

「どうしても、このシマを取り返したいんですよ」

丑松は決意を示した。

「その意気だ。おれも、この縄張りの者たちに話を聞いたがな、みな、悔いているぞ。丑松親分を追い出したのは申し訳なかったってな」

「そいつはかえってこっちが詫びなけりゃいけねえや。本来なら、あっしらがこのシマのみんなを守ってやらなけりゃならないのに、悪かったですよ。ほんと、あっしに力がねえばっかりに」

丑松は言った。

「シマを取り戻したらどうする」

「ショバ代を値下げして」

「そんなことはしなくてもよい。ショバ代はこれまで通り納めてもらうのだ。但し、今度こそしっかり守るのだ。みなの暮らしを守ってやれ。命がけでな」

「へい」

丑松は腹の底から声を振り絞った。

「よし、わかった。その意気だ。但し、おれが合図をするまで大人しくしておれよ」

噛んで含めるように勘十郎は言った。

「わかりましたぜ」

丑松は目を爛々《らんらん》と輝かせた。

酒場を出て広場へと向かった。

篝火に浮かぶ御堂が見える。近づくと、読経の声が朗々と響いていた。

まさか、本当に祈禱などやってはいないだろう。

勘十郎はそっと、御堂の背後に忍び寄る。濡れ縁に上り連子窓《れんじまど》の隙間から中を覗いた。

百目蠟燭の灯りに総仙の坊主頭が光っている。総仙の読経が続く中、長持の中から、多くの品々が板敷きに並べられていた。

熊五郎が、

「さあ、今度は青磁《せいじ》の壺ですぜ」

と、艶めいた青色の壺をみなに見せた。檀家と思われる商人たちが目を輝かせた。

熊五郎の脇では高木が控えている。

高木は熊五郎に耳打ちをした。熊五郎はうなずくと、

「百両からいかがですか」

と、声をかけた。

「百十両」

と、声がかかりすぐに、

「百二十両」

と、いう声も上がった。

それからも高値がつき、二百両で競《せ》り落とされた。

今度は皿であった。皿も百五十両の値がついた。高木は満足そうである。

「今日は素晴らしい品ばかりですぞ」

熊五郎は檀家たちの購買欲を煽り立てる。続いて、明《みん》の皇帝が所持していたという象牙細工の置物、豪華絢爛《けんらん》な時計が目の玉が飛び出るような高値で取引された。

勘十郎はそっと濡れ縁を降り、御堂の正面を窺った。木内たちが太刀や鉄砲で武装

し、警護に当たっている。木内たちの他にも雇い入れた牢人が十人ばかり、物見櫓に登ったり、周囲を巡回していた。

正面突破するか。

やはり、鉄砲が気になる。

神君家康公下賜の鑓で蹴散らし、一気に御堂に攻め込もう。嫌が上にも闘志が掻き立てられた。

勘十郎は十文字鑓を腰だめにし、牢人たちに突進した。

不意をつかれ牢人たちは浮き足立つ。

鑓で篝火を倒し、群がる牢人たちを鑓の柄で殴り倒した。悲鳴と怒声が上がり、御堂の観音扉が開かれた。

御堂の周囲を警護していた木内も駆けつける。熊五郎が濡れ縁に立った。提灯が勘十郎に向けられる。

「貴様……」

憤怒《ふんぬ》の形相と化した木内が勘十郎に斬りかかってきた。勘十郎は鑓を繰り出し、木内の刀を弾き飛ばした。

すると、濡れ縁に鉄砲を持った手下が二人立ち、勘十郎に狙いをつける。

「鉄砲にびびる向坂勘十郎さまではない。さあ、放ってみよ」

仁王立ちとなった勘十郎は柄の中程を両手で握り、右方向へ回し始めた。さながら坂道を下る車輪のように迅速で力強い回転が加わり、鑓は唸りを上げる。

周囲の者は圧倒され、近づく者とていない。

「何をしておる。放て！」

木内が鉄砲を持つ一味に命じた。

二人の放ち手は勘十郎に筒先を向けた。

勘十郎は腰を落とし、大地をしっかと踏みしめている。回転する鑓と相まって、超高速の風車と化していた。

鉄砲が放たれた。

夜空を震わせえる銃声と共に弾丸が放たれた。

が、弾丸は勘十郎の鑓に弾き飛ばされた。

しかし、熊五郎が余裕の笑い声を上げ、

「丁度よい。抜け荷で手に入れた鉄砲の試し撃ちだ」

濡れ縁に十人ばかりが並んだ。みな、鉄砲を手にしている。既に火縄に点火され、いつでも放てる状態だ。

勘十郎は鑓の動きを止め、石突きで地べたをとんと突いた。

「面白い。やってみろ。畏れ多くも神君家康公を真田幸村の馬上筒から守りし、わが祖父向坂清吾郎元義直伝、向坂流槍術奥伝、大車輪返しが相手だ」

高らかに言い放つや勘十郎は再び柄の中程を両手で握り、今度は左に回転させた。鑓は先程にも増して唸りを上げたばかりかもうもうと砂塵が立ち上った。

鑓の回転は一層激しさを増し、ついには竜巻と化す。敵はひるんで遠ざかる。

「早く、放て」

激しい口調で熊五郎に命じられ十人は一斉に鉄砲を放った。銃弾は勘十郎の鑓に吸い込まれるや鋭い音と共に、跳ね返された。

そして、放ち手に襲いかかる。

十人は自分たちが撃った弾丸を受け、血飛沫《ちしぶき》と共に倒れた。

「見たか、悪党ども」

勘十郎は鑓を止めた。

呆然と立ち尽くしていた木内だったが、口を半開きにしたままへたり込んだ。

「観念しろ」

勘十郎は濡れ縁に立つ熊五郎を見上げた。

熊五郎の横に高木一郎太が立った。高木は不敵な笑みを浮かべ、右手を上げた。

闇で爆竹が鳴らされた。

思わず勘十郎は音に気を取られた。その隙をつかれ、木内に鑓を奪われた。

「馬鹿め。所詮は鑓働きしかできぬ猪武者めが」

高木は勝ち誇った。

熊五郎が、

「よし、今度こそ蜂の巣にしてやれ」

と、言うと新手《あらて》の鉄砲組が十人、濡れ縁に並んだ。高木が、

「どうだ。今度は大車輪返しとやらも使えまい」

勘十郎は刀を抜いた。

いくらなんでも刀では銃弾を凌ぐことはできない。

無念だが、潔く死に花を咲かせるか。

濡れ縁まではおよそ十間。一気に走り抜け、階を駆け上がって斬ることができるだけの敵を仕留める。たとえ、銃弾を浴びようと命ある限り、刀を振るおう。

そう腹を括ると恐怖心は消え去った。

「いくぞ！」

銃声にも負けない大音声を発すると飛び出した。

と、鉄砲組が算《さん》を乱《みだ》した。

「勘さま！　会津の三次さんを置いてきぼりとはひでえや」

三次の声がした。

同時に丑松が物乞いを引きつれ乱入してきた。三次も丑松たちも石の礫《つぶて》を鉄砲組といわず、濡れ縁に立つ敵に投げつけた。

「でかしたぞ、三公！」

勢いづいた勘十郎は刀を鞘に納め、木内に向かった。木内は後ずさりながらも十文字鑓を突き出した。

「おのれが使える鑓ではないわ！」

勘十郎は突き出された鑓の柄を両手で摑むと、

「でえい！」

渾身の力で鑓を振った。

木内の身体は夜空に弧《こ》を描き濡れ縁から逃げ出そうとした高木の背中にぶち当たった。木内と高木は折り重なって階から転げ落ちる。

その間にも三次と丑松たちは御堂に突入し、大暴れをした。

「こうなったら、刀にかけて勝負だ」

熊五郎は黄金の鞘から太刀を抜いた。

しかし、

「山賊風情《ふぜい》と刃を交えるのは穢《けが》らわしい」

勘十郎は右手で十文字鑓の柄を摑むと熊五郎目掛けて投げつけた。

鑓は矢よりも銃弾よりも速く飛び、熊五郎の胸を貫いたばかりか、熊五郎は吹き飛ばされ、御堂奥の板壁に串刺しとなった。

総仙は恐怖におののき、経文を唱えようとしたが歯が鳴るばかりだった。

熊五郎堀から丑松堀に戻ってから幾日かが過ぎた。

暦は若葉の息吹《いぶき》に溢れる卯月《うづき》となった。

勘十郎は銀杏屋の離れ座敷で横になっている。

「丑松一家、立ち直ったようですよ。明日にも勘さまとあっしを丑松堀の料理屋に招きたいって使いが来ましたよ」

三次は丑松からの手間賃に加え、蜂谷柿右衛門からの礼金五十両が入り、ほくほく

親父殿は張り切っておるそうだ」

顔である。

「高木一太郎から抜け荷と賭場の実態を暴こうと、親父殿は張り切っておるそうだ」

勘十郎はむっくりと半身を起こした。

「鶴岡藩、お取り潰しですかね」

「さて、そこまで持っていけるか。あくまで高木一存で行ったことと、言い逃れられては、それは叶わぬが、ま、おれには関係ないさ」

大きく伸びをし、勘十郎は言った。

「違いありませんね。勘さまとあっしは政《まつりごと》がどうなろうと困っている者の相談に乗ってやりましょう」

「どうした三公、まともなことを申すではないか」

勘十郎は笑い声を上げた。

「あっしゃ、これでも情に篤いんですからね」

三次は大真面目に答えた。

薫風が凜と立った勘十郎の茶筅髷を揺らす。

さて、次はどんな相談事が持ち込まれるのだろうか。

勘十郎は十文字鑓を振るいたくてうずうずした。

時代小説

二見時代小説文庫

盗人《ぬすっと》の仇討《あだう》ち　勘十郎《かんじゅうろう》まかり通《とお》る2

著者　早見《はやみ》　俊《しゅん》

発行所　株式会社　二見書房
東京都千代田区神田三崎町二―一八―一一
電話　〇三―三五一五―二三一一［営業］
　　　〇三―三五一五―二三一三［編集］
振替　〇〇一七〇―四―二六三九

印刷　株式会社　堀内印刷所
製本　株式会社　村上製本所

落丁・乱丁本はお取り替えいたします。
定価は、カバーに表示してあります。

 ISBN978-4-576-20043-9
https://www.futami.co.jp/

早見俊

居眠り同心 影御用

シリーズ

完結

閑職に飛ばされた凄腕の元筆頭同心「居眠り番」蔵間源之助に舞い降りる影御用とは…!?

① 居眠り同心 影御用 源之助 人助け帖
② 朝顔の姫
③ 与力の娘
④ 犬侍の嫁
⑤ 草笛が啼《な》く
⑥ 同心の妹
⑦ 殿さまの貌《かお》
⑧ 信念の人
⑨ 惑いの剣
⑩ 青嵐《せいらん》を斬る
⑪ 風神狩り
⑫ 嵐の予兆
⑬ 七福神斬り
⑭ 名門斬り
⑮ 闇の狐狩り

⑯ 悪手《あくしゅ》斬り
⑰ 無法許さじ
⑱ 十万石を蹴る
⑲ 闇への誘い
⑳ 流麗の刺客
㉑ 虚構斬り
㉒ 春風の軍師
㉓ 炎剣《えんけん》が奔《はし》る
㉔ 野望の埋火《うずみび》（上）
㉕ 野望の埋火（下）
㉖ 幻の赦免船
㉗ 双面の旗本
㉘ 逢魔の天狗
㉙ 正邪の武士道
㉚ 恩讐の香炉